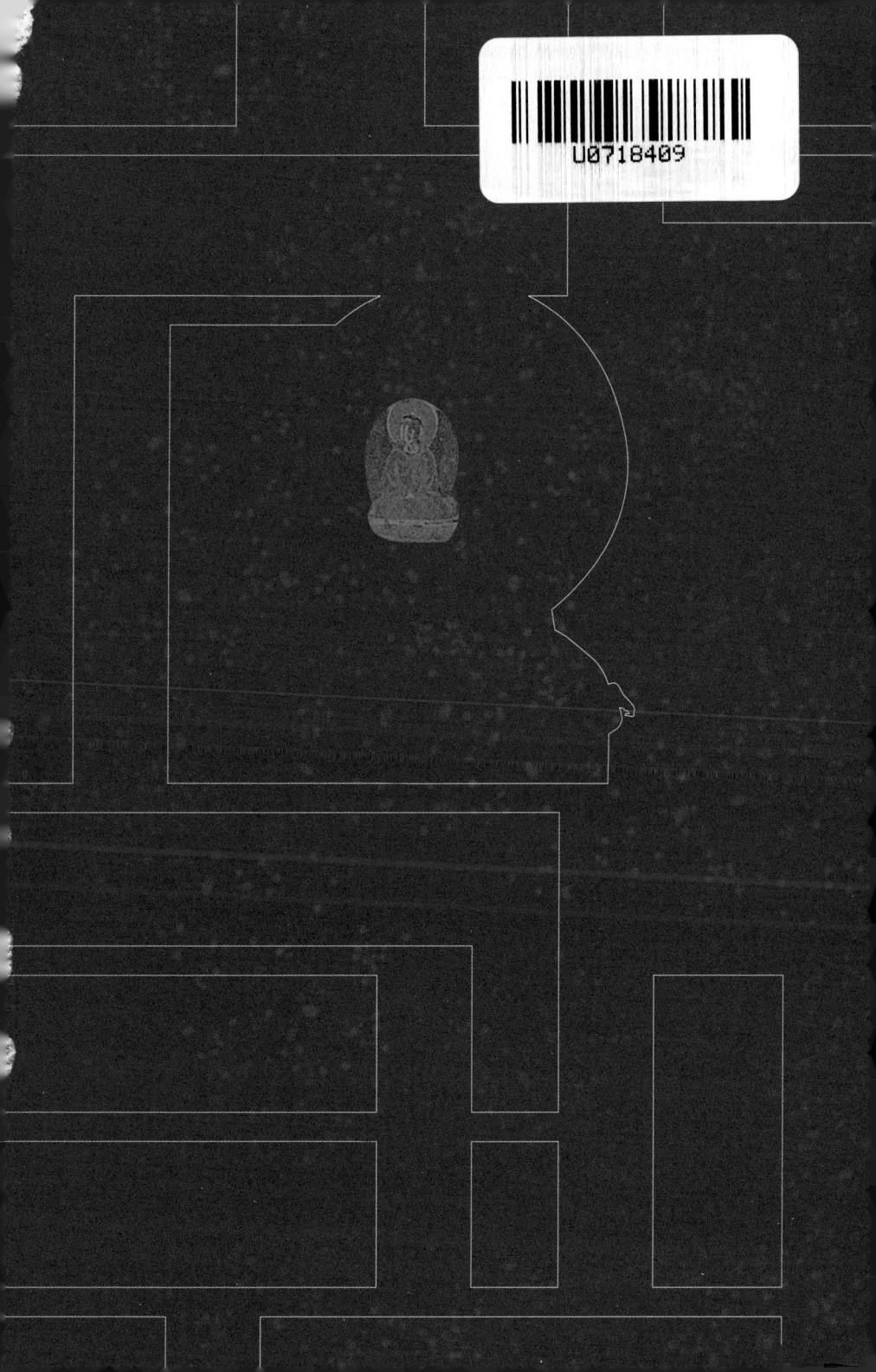

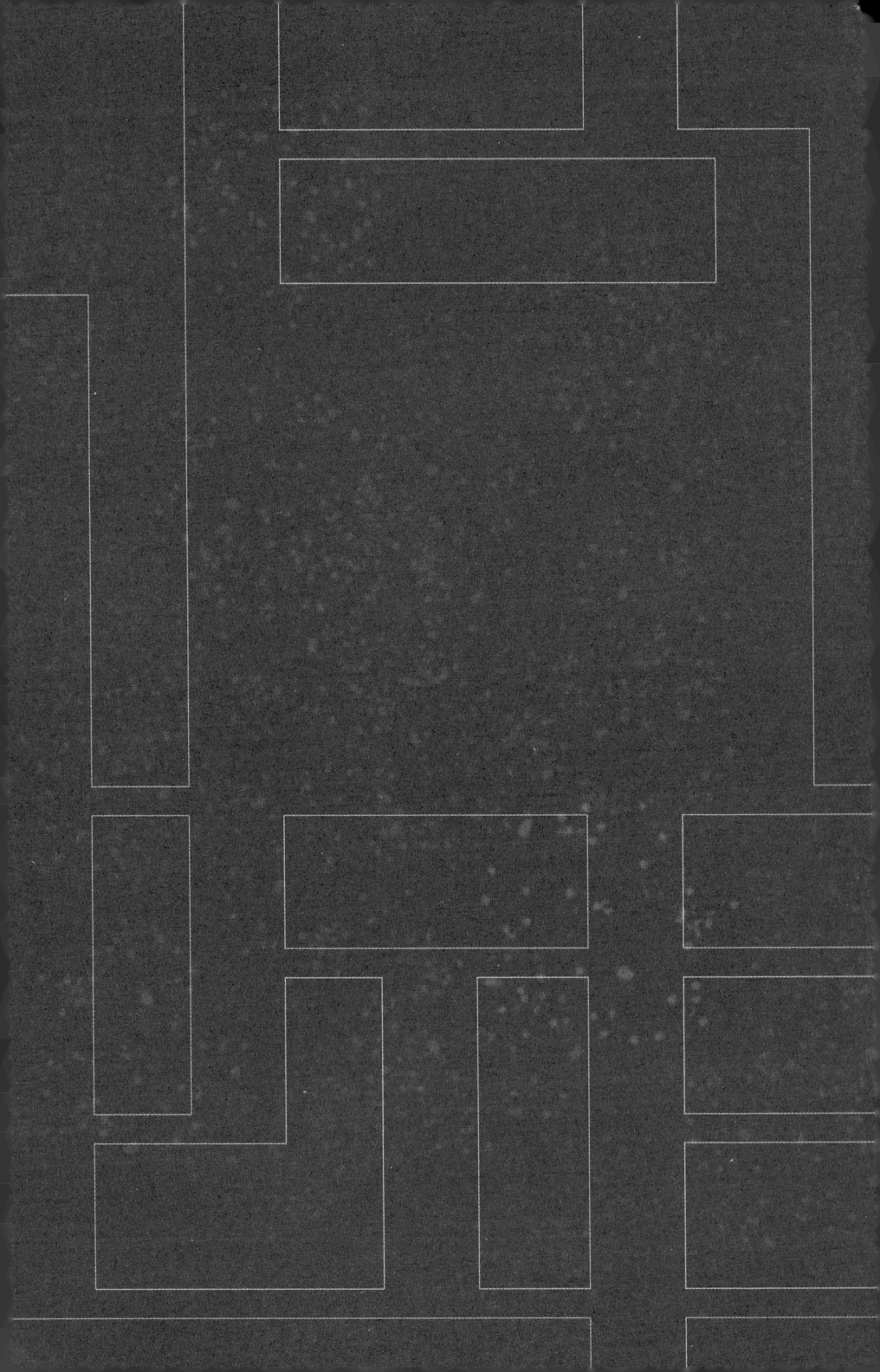

敦煌守护人

董洪亮　王锦涛　付文　银燕　著

人民日报出版社

序 言

《敦煌守护人》一书勾起我对往事的记忆,书里有我父亲、老前辈、老朋友及敦煌后辈们的故事,有每个人对敦煌情感的表述,心有所感,我难以用言语形容。在时间的滚轮里,不知不觉,我已迈入92岁高龄,回溯敦煌时光,恍如昨日!随着年龄越大,许多人的模样越来越模糊、记不清楚了,但这些事情,我却一点都忘不了。

敦煌对我们全家,甚至是上一代敦煌老人的家庭都产生了极大影响!父亲及前辈们牺牲个人与家庭才换来今天敦煌莫高窟繁荣文化的基础,那种苦与乐是一种选择,一种自我却又忘我的选择;没有是非,更多的是那个时代知识分子对国家社会的担当与使命,是那一代人在继承古典智慧时所散发出来的敬畏与执著。今日回顾,敦煌守护人的故事里都深藏一股坚韧的力量,是对壁画上古人智慧与生活经历的探索所产生的惊叹!

1943年秋,那一年我12岁,我们举家迁往敦煌。一路走走停停,太多新奇的景色,我感到特别好玩。可是我真的没有料想到,走进莫高窟,我的家庭、我的一生竟因敦煌莫高窟有了如此翻天覆地的变化!

在巴黎的时候,我记忆很深刻,父母十分恩爱,家里总是聚集很多搞艺术的叔伯阿姨,我在这些大人的爱护下天真成长。印象中,母亲很温柔,我的衣服、鞋子、玩具都是母亲做的,父母甚至干爹、干妈们给我满满的爱意,但是到了敦煌以后,父母天天吵架。最后,我的母亲不辞而别,我和弟弟嘉陵成了没有妈的孩子。面对广袤寂寞的荒土沙漠,忽然间,我好像明白,父亲只剩下两个孩子跟敦煌莫高窟了。所以我很自觉地协助父亲工作,那时候我14岁,天天跟大人进洞窟临摹壁画,却不觉得累。画画让我快乐!因为我可以像大人一样分担我父亲的辛苦。在筹建莫高窟壁画的临摹展中,美国友人叶丽华(Reva Esser,甘肃山丹培黎学校教师)看见我的画,直夸我画得好,让我有机会去美国读书。莫高窟打下了我绘画的童子功;美国波士顿艺术博物馆附属美术学校短暂的留学,打开了我的眼界,让我知道除敦煌之外,不同世界的文明各有特色。虽然现实生活很苦,但与父亲相依为命,一起为敦煌的工作筹集,却是我懂事以后,少有的一种依赖与快乐。这些磨炼成为我后来工作、生活中的基石,即使92岁了,偶拿起画笔,我的手却一点也不抖,仍然是稳健有力!

随着书中的回忆,再一次感受父辈那一代敦煌人的辛苦与执着,但我也看到了新一代的敦煌人,他们从被动的工作中主动地爱上这看似蛮荒寂寥、却又丰盈心灵的圣地,并以守护敦煌为荣!我特别高兴,这代表父辈们辛苦培育的种子萌芽了!

敦煌如果没有莫高窟将失去光彩,父亲是以艺术家先知般的眼光,筚路蓝缕地草创敦煌艺术研究所,随后历届院长——段文杰对敦煌艺术文脉的深耕挖掘、樊锦诗的保护巩固,到第四任院长王旭东配合国家发展"一带一路"倡议,让莫高窟从少数人关注到国际大发声,让更多的人重视敦煌莫高窟的重要价值与未来发展,这是几十年来"敦煌守护人"的大突破。

敦煌人必须守护传统,但也需要与时俱进,这样才能将文脉传承下去,才能让一代代的中国人从古典与当代的碰撞中不断进步。王旭东院长在推广发展上让敦煌研究院踏出多年来的一大步。我很有幸也很开心可以看见这个作为,因为向世界传播敦煌文化艺术也是我父亲坚守莫高窟的重要目的。王院长现在调到北京故宫博物院担任院长,不过我相信他对敦煌的关心时时都在,这是敦煌人的特点和精神,因为不管走到哪儿都是"永远的敦煌人"。

从本书中,我发现现任敦煌研究院苏伯民院长是从理性的角度认识莫高窟的,这反而让我更放心!因为他不单纯以感性的角度解释莫高窟的文化艺术,这样更能依当下的时代条件,理智分析莫高窟在国家文旅发展背景下科学保护与艺术并进的发展,不一味地迎合文旅市场,轻易地把敦煌艺术置于商业利益追逐之中。这是敦煌守护人需要建立的宏观思想:学习后研究,研究后再求创新与发展弘扬。学习、研究、创新、发展、弘扬是敦煌人重要的课题,环环相扣。

读完《敦煌守护人》一书,我很感动,回忆又加重许多!很感谢人民日报社甘肃分社,在董洪亮社长的带领下,不断地探索采访,写出了报告文学《敦煌守护人》。这是一份善缘!这就是敦煌莫高窟自然的魅力,它会在不知不觉中,将人们引入这美善的乐土之中。董洪亮社长与人民日报社同人王锦涛、付文、银燕不远千里,通过一次次地赴敦煌采访,敦煌莫高窟的美好也在他们心里扎根,而有了这《敦煌守护人》的果实。每一篇敦煌守护人的故事，生动朴实，没有华丽的包装矫饰，字里行间流淌着敦煌人特有的"莫高精神"。

北京清明午后的暖阳，从老旧的窗台洒入，阳光的气息里混合着一股淡淡的泥土味道。时间仿佛又回到从前，父亲笑着带着我跟嘉陵穿过一个一个洞窟，像是追随着前人的步履，为我们介绍这些洞窟文化的由来。我的老朋友们，我童年的时光记忆，再次映入眼帘……

我十分感谢人民日报社甘肃分社的同志，在快节奏生活、碎片化阅读渐成常态的当下，俯下身、沉下心，以扎实的笔力写下"敦煌守护人"的故事。

最后我用父亲勉励我的话与大家共勉——敦煌守护"生命不息，跋涉不止"！

2022年4月

（作者为中央工艺美术学院原院长，著名设计家、艺术家、教育家、敦煌图案研究专家，常书鸿之女）

推荐语

莫高窟,孕育于丝路,成就在敦煌。

一千年的营建,六百年的沉寂,复又成为世界的焦点,应当感谢那些自20世纪40年代以来从祖国各地来守护这座文化宝库的人们。

留住莫高窟,就是留住了敦煌,他们就是敦煌守护人。

本书注重全景写真,不仅聚焦常书鸿、段文杰、樊锦诗这些耳熟能详的敦煌研究院"掌门人",而且把更多笔墨毫不吝啬地献给了一代又一代普普通通的莫高窟人。他们中有大师,也有百工,但只要莫高窟需要,他们就义无反顾。平凡一如窦占彪,他目不识丁,但他为莫高窟倾其一生,精神与常先生、段先生同在,值得我们后学追怀感念!

——故宫博物院院长、敦煌研究院第四任院长 王旭东

目 录

上辑 敦煌掌门
1 择一事 终一生

乌鲁木齐　奇台　哈密　吐鲁番　焉耆　楼兰　玉门关　敦煌　酒泉　张掖　武威　兰州　临洮　且末　若羌　阳关

4
常书鸿　敦煌守护神

- 6　古丝路上响起新驼铃
- 15　敦煌百姓，功不可没
- 21　"哪怕只剩下我一个人，也不会离开敦煌！"
- 30　敦煌文物展览
- 47　敦煌的新生
- 60　劫难中的坚守
- 63　"常公大名，宇宙永垂！"

70
段文杰　敦煌艺术导师

- 70　"一头饿牛"闯进了菜园子
- 78　一画入眼中，万事离心头
- 86　"我的家在敦煌，哪里也不去"
- 92　"赶上国际学术界前进的步伐"
- 96　"敦煌学这朵鲜花将会越开越夺目"
- 103　"只要生命不息，敦煌之梦就不止"

110
樊锦诗　敦煌的女儿

- 112　"让人全然忘记了外部世界"
- 120　在敦煌面前，你永远是个才疏学浅的小后生
- 124　让莫高窟成为真正的世界遗产博物馆
- 128　实现敦煌文化艺术资源数字化共享
- 134　考古报告终于做出来了
- 139　勇于担当　勇于说"不"

149

下辑

敦煌工匠

九层楼前 薪火相传

150 让石头墙与自然融为一体

164 我在敦煌修壁画

174 文物修复：留住敦煌的美

182 敦煌是一辈子的热爱

190 让莫高窟保存得再长久一些

196 临摹：只有壁画没了我

202 装裱："不疯魔不成活"

208 以影像"复活"敦煌

216 将工作当成一份供养

222 敦煌考古:板凳甘坐廿年冷

228 布展者的敦煌心灯

232 和敦煌奇妙的亲密感

242 文物安保:做好石窟卫士

248 人在"后台",心系"前台"

258 尾声

择一事 终一生

上辑

敦煌掌门

敦煌守护人　　　　　　　　　　择一事
　　　　　　　　　　　　　　　终一生

● 莫高窟第 112 窟南壁反弹琵琶、唐。画面中的反弹琵琶伎乐天，踏足而舞。其双脚拇指跷起，仿佛是在晃动着与节拍相和。这种特殊的舞技，可见印度舞蹈的影响

常书鸿 敦煌守护神

"过去,我自以为对这个宝库已经很了解,可现在我才明白,那是一知半解,很肤浅,也很零碎。我不厌其烦地告诉你这些数字,就是想说,亲见这里(而且还是粗粗一见)后我的震惊。"

1935年秋,巴黎塞纳河畔。

旧书摊上一部名为《敦煌石窟图录》的画册,震撼了在法国声名鹊起的画家常书鸿。这部图录是1908年法国人伯希和从敦煌莫高窟中拍摄来的,由六本小册子组成。

"作为一个中国人,我竟不知中国有这么大规模、这么系统的文化艺术!我是一个倾倒在西洋文化上的人,如今真是惭愧,不知如何忏悔。"常书鸿暗自惊叹道。

后来,常书鸿又去了法国吉美博物馆,他看到伯希和从敦煌藏经洞掳去的大量唐代绢画,那些摄人心魄的线条,散发着古老中国特有的艺术神韵,翩若惊鸿、婉若游龙。看得如痴如醉的常书鸿,忽觉无比悲伤,甚至痛心疾首。他心想,瑰宝不能再流失,艺术需要人守护。

●留法时期的常书鸿（第四排中）

●保罗·伯希和(1878—1945),法国汉学家,1908年从敦煌莫高窟劫走6000余种文书,以及200多幅唐代绘画与幡幢、织物、木制品、木制活字印刷字模和其他法器

●伯希和《敦煌石窟图录》书影

回去吗?遥远的呼唤,似乎近在耳边。

祖国的西部,甘肃的敦煌,精美绝伦的壁画,栩栩如生的雕塑,磐鼓云板的天籁,翩跹起舞的飞天……这一切,让常书鸿辗转反侧、魂牵梦萦,身在异国,梦回祖国。终于,终于,常书鸿下定了决心——回去!寻访敦煌!

古丝路上响起新驼铃

要想去敦煌,先得到兰州。

1942年年底,常书鸿一行抵达兰州时,正值隆冬。这座黄河穿城而过的古城,除了荒凉,便是萧索。偶有人过,也是身穿破旧羊皮袄的赶车汉子。他们个个紧缩着脖子,如同羽毛翻皱的公鸡,在寒风中无所适从。就是在这样的季节里,敦煌艺术研究所筹备委员会的第一

● 《金刚般若波罗蜜经》（局部），卷首有十一面观音菩萨坐像白描图及奉请八金刚白描图，为伯希和从敦煌莫高窟收集，现藏于法国国家图书馆。该卷保存完整，是不可多得的敦煌写卷

次正式会议，在兰州郑重举行。令常书鸿没料到的是，对于研究所的所址，绝大多数人竟主张放在兰州。

金城兰州，距敦煌约1200公里，路程远、交通不便，怎么搞保护，又如何做研究？

"我是非到敦煌去不可的！"常书鸿略显激动。

他已打定主意，就算成了孤家寡人，就算孑然而行，也要去敦煌。如此一来，同行的原本就想在这个问题上打小算盘的官员，脸上挂起了冰霜，对常书鸿提出的工作要求、人员配备、图书器材、绘画材料等问题，采取不合作态度，使许多工作难以展开。

时间一天天过去了，人员和物资仍无着落。当时，一提起塞外戈壁滩，不少人便谈虎色变，对于长期去那里工作，更是望而却步。

一天，一个偶然机会，常书鸿碰到一个在西北公路局工作的国立北平艺术专科学校学生龚祥礼。一见如故，他欣然应允随常书鸿前往敦煌,又介绍了一名小学美术教员陈延儒,和他们同去敦煌。三个人的队伍,总比单枪匹马好得多,常书鸿内心感到很欣慰。后来,又经过和当时的甘肃省教育厅交涉,由甘肃省公路局推荐了一位文书。最后还缺少一名会计,没有办法,常书鸿只能到教育厅举办的临时会计训练班去招聘。开始,这个班四十几个人当中,没有一人愿意应招。半个钟头后,一个穿着长布衫名叫辛普德的人站起来说,"我愿意去敦煌。"

1943年2月20日,朔风劲,天未亮。队伍集合好了,一共六人——看来大部分同行者,还是选择了退出。不过,令大家欣慰的是,常书鸿雇到了一辆卡车。这辆车虽说破旧,引擎刺耳,但总算不至于像取经的玄奘、"凿空"的张骞一般徒步而行了。

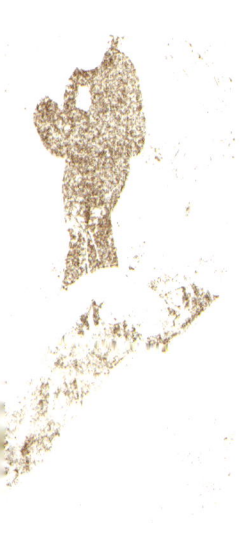

敦煌是汉武帝为抵御匈奴所设的"河西四郡"之一。常书鸿看过地图,此去敦煌,途经凉州(武威)、甘州(张掖)、肃州(酒泉)三郡,每郡之间相距两三百公里。按中国古代长途交通驿站的标准行程,每日三四十公里,需要一个多月的行期。

"河西四郡",这些从历史中走来的地名,沐着汉时的边关明月,听着丝路的古道驼铃。千年一瞬,历史轮回,到敦煌去,前有古人,后有来者。

如今,古丝路上响起新驼铃,敦煌"痴人"常书鸿,踏上河西走廊,一路走,一路想。他的思绪翻飞,想起了"葡萄美酒夜光杯",想起了"大漠孤烟直,长河落日圆",也想起了"古来征战几人回"。历史的狼烟,早已回到破败的烽燧和满目荒凉中,紧裹羊皮大衣的常书鸿,忽然就懂得了上书汉武帝的班超,"臣不敢望酒泉郡,但愿生入玉门关"。

在张掖至酒泉的途中,有一件事令常书鸿记忆犹新。那是在黄昏时分,他们的汽车正在路上颠簸,忽然有一个农民带着一个乘小毛驴的妇女拦车。他们苦苦哀求,说妇女怀中的小孩得了急病,想搭车赶到城里医治。虽然车厢里已很拥挤,但大家还是硬挤出了一个空档,让这个妇女坐了上来。汽车在寒夜里行驶,戈壁上的风沙夹着冰冷的雪花,抽打着车上的人。大家都把头缩进老羊皮领子里,鼻子里刚呼出的热气马上被冻成冰花,黏在鼻孔周围,渐渐堵塞,使人呼吸都感到困难。车上没有人说话,只有风声、汽车的引擎声和沙砾打在羊皮大衣上的声音,搅在一起响在耳边。在这些声音里,常书鸿隐隐约约地听到孩子的哭声。不久,他又听到那位妇女凄酸的哭泣声,断断续续,时有时无。渐渐地,常书鸿在极度寒冷中蒙眬地睡着了。清晨,众人被那位妇女的号哭惊醒,原来,她怀中有病的婴儿,已在半夜冻死。

眼前的惨剧使常书鸿心情沉重,他不由得联想到,公元前138年,张骞出使西域,正是沿着这条道路前行,几经危难。4世纪时的法显和尚到西域取经,同样沿此路前行,他的同伴惠景和尚在翻越葱岭时,惨死在风雪严寒之中。唐代玄奘曾在这一带买了一匹好马,他想西行时骑马安全度过布隆吉尔有名的风口。临走时,他恰巧碰到一个经常由酒泉走哈密的老人,老人看着玄奘那匹新买的马说:"这匹马在平坦的道路上走倒是好的,但不

● 莫高窟第323窟《张骞出使西域图》（局部），初唐。图中汉武帝骑马在郊外送别张骞；张骞持笏跪拜辞别，后有从者持节牵马。据载，张骞分别于公元前138年、公元前119年奉汉武帝之命出使西域和乌孙国等地。这幅图应是张骞第二次出使西域的场景

能走戈壁和风口，它不识路，不识水，到哈密去很危险，不如我这匹老马好。"玄奘听到老人的话很感动地说："你说中要害，我愿意换你的老马。"果然，玄奘在安西迷失了道路，在马上昏迷，是老马把他带到疏勒河水边，救了他的命。常书鸿知道，在《大唐西域记》中，玄奘记述的九死一生的危难险恶，大多指的就是在这段沙漠行路的艰辛。

常书鸿心想，在这条丝绸之路上，留下了多少荣辱盛衰，又掩埋了多少行人尸骨。而现在，偏安重庆的国民党达官显贵们，也许正在灯红酒绿的歌舞场上狂欢醉饮，或者正面对着巧取豪夺的金银财宝大喜过望。但此时此刻，在贫穷落后的塞外，又一条幼小可怜的生命，被贫穷困苦湮没在寂寞的荒野，永无声息地消失了。这辽阔的大西北，为什么竟充满如此的荒凉、贫穷、灾难和死亡？

车到了酒泉。酒泉郡建于汉代,这里遗留有汉、魏、十六国、隋、唐等各朝代的大量历史文物。如酒泉西北侧的黑水国是汉代的沙漠古城。人们曾在那里发掘出大批文物,其中就有闻名世界的居延汉简,反映了当时各族人民生活情况,也展现了各国之间政治、经济、文化友好往来的情况。酒泉城西北的嘉峪关是明代所建的通向西陲的城关,也是封建社会流徙犯人的边卡。一出此关,眼前即是一片茫茫无垠的戈壁瀚海了。当地流传着这样的歌谣:"出了嘉峪关,两眼泪不干,前望戈壁滩,后望鬼门关。"然而,千百年来,人们为谋生,却一直没有中断西渡流沙。

酒泉盛产夜光杯。此杯用当地一种玉石制作,杯身细薄,斟上酒后,灯光下透过杯壁可清晰地看到杯中酒的颜色,奇巧玲珑,誉满古今中外。盛唐诗人王翰在《凉州词》中写道:"葡萄美酒夜光杯,欲饮琵琶马上催。醉卧沙场君莫笑,古来征战几人回!"

出了嘉峪关,沿途看到一些土砌的墩子残垣,这是有名的汉代传递信息的烽燧。所谓"流沙坠简",就是在烽燧附近被流沙所埋藏的汉代边疆戍卒留下的简札。这里也是汉代长城的余脉沿丝绸之路通向敦煌郡的会合处,是东西文化、物资交流、友好往来的重要历史见证。

一路西行,常书鸿总算带着大家平安抵达了安西。

塞外的黄昏,残阳夕照,昏黄的光线被灰暗的戈壁滩渐渐吞没。夜幕垂帘,显得格外阴冷暗淡。常书鸿在日记中写道:"3月20日,到达安西。"安西,这是常书鸿们乘坐汽车的最后一站。

接下来从安西到敦煌一段行程,连破旧的公路也没有了。一眼望去,只见一堆堆的沙丘和零零落落的骆驼刺、芨芨草。这段行程只有靠"沙漠之舟"骆驼帮忙了。骆驼客来了,牵着十头高大健壮的骆驼。为租用它们,常书鸿拿出了此次行旅中三分之一的费用。

驼铃响起,沙丘接天处,骆驼草稀稀拉拉,落日熔金歇脚时,常书鸿掏出笔记本记下:"第一天,我们走了15公里……"

午夜后,常书鸿一行到达自古以盛产甜瓜闻名的瓜州口。但是,这个瓜果之乡,如今却因为井水干涸,连人畜饮水也要用毛驴从十公里以外驮来。瓜州似乎已变成了徒有虚名的不毛之地。在惨淡凄凉的月光下,山沟里隐约露出几间土房。常书鸿一行和衣挤在土炕上,度过了戈壁滩上的第一夜。

过了瓜州口后,骆驼客告诉常书鸿,下一站要到甜水井打尖。"甜水井",这个名字激起大家一阵兴奋。毕竟,瀚海行程,谁都会对水满怀向往。当晚,在一片漆黑中,常书鸿一行抵达甜水井。大家都盼望着痛饮,谁知喝到嘴里的水,却又苦又臭,刚刚那如饮玉液琼浆的希冀,转眼云消雾散。第二天一早,大家才发现,原来井口周围堆满了牲畜粪便。骆驼客说,从安西到敦煌120公里的戈壁上,只有这一口井。别看不好喝,对牵骆驼、赶牛马的穷苦人来说,这可真是一口救命的甘泉!

甜水井的下一站,是疙瘩井,闻其名便知无水可寻了。这是一个长满骆驼刺的大沙丘。卸下重载的骆驼,无精打采地啃着干瘪瘪的骆驼刺。水已用尽,大家只好

●今天的敦煌莫高窟

坐卧在沙堆上，啃着又冷又硬的干馍和沙枣锅盔。深夜难寐，仰望寒空，繁星点点，空旷无声。常书鸿突然浮想联翩，忆起玄奘在《大慈恩寺三藏法师传》中记述："夜则妖魑举火，灿若繁星……顷间忽见有军众数百队满沙碛间，乍行乍息，皆裘褐驼马之像及旌旗矟矟之形，易貌易质，倏忽千变，遥瞻极著，渐近而微。法师初睹，谓为贼众；渐近见灭……"这种类似的感觉，的确让人在孤独的瀚海之夜，产生幻象。睡意袭来，恍惚间，在伯希和《敦煌石窟图录》中所见的飞天夜叉、天神菩萨的形象，也仿佛在眼前浮现。

"常先生，敦煌到了！"骆驼客指着远处说，那边就是三危山，山脚下就是敦煌，天刚麻麻亮，有雾水罩着，等太阳出来后，就能看得清楚了。

常书鸿一个激灵，从沙地上翻身而起。他顺着骆驼客手指的方向望去，只见天际尽头，逶迤着一片灰褐色的山，似真似幻。大家听说敦煌就快到了，一个个都爬起身来，举目遥望。不多时，一轮红日喷薄而出，三危山披着朝霞，金光闪闪、层层晕开，果然，一片绿洲变得清晰可见。

敦煌！敦煌！历时月余，终于走到了！

敦煌！敦煌！常书鸿心中的圣地，千年荣辱就在眼前。藏经洞被洗劫一空，壁画被偷盗，不少洞窟的侧壁被随意打穿，从鸣沙山吹来的流沙，甚至将部分洞窟掩埋。

站在莫高窟前，常书鸿还是忍不住抬起头，将四周看了又看：这究竟是梦境还是现实？真的就来到了敦煌？真的就来到了千佛洞？

"光凭我看到的第一眼我就可以说：这一个多月来，我们所吃过的苦头，全都不算什么！也就是说：很值！岂止是很值？从看到它的第一眼起我就在心里说：哪怕以后为它死在这里，也值！"常书鸿抵达敦煌时，在给妻子的信中写道：

过去，我自以为对这个宝库已经很了解，可现在我才明白，那是一知半解，很肤浅，也很零碎。仅就千佛洞这个名称而言，我总以为是由于有千座佛像而得名，看了《重修莫高窟碑文》以后，才知这个石窟名字的由来。莫高窟始建于366年，到唐代立莫高窟碑时，已有大小窟龛一千多个，可惜到现在，保存较为完好的只数

百个……它分南北二区，南区长约940米，北区长约720米，壁画总面积44830平方米！如果将这些壁画排成2米高的画展出，这个画廊可达25千米！你看看！我不厌其烦地告诉你这些数字，就是想说，亲见这里（而且还是粗粗一见）后我的震惊。我们在巴黎时，不是常常惊叹卢浮宫的辉煌和其他种种历史遗迹给我们的那种"何时才能看得尽"的感慨吗？敦煌的这个莫高窟，就历史的悠久和其包含的文献价值，都可以说一点不逊色于世界各地任何一个艺术宝库，因而，把敦煌壁画称为世界上唯一而最大的古代艺术画廊，当之无愧！

写完信，常书鸿真想一口气登上三危山，喊出发自肺腑的壮语豪言："中国的画家们，如果你们没有来过这个世界上唯一而最大的古代艺术画廊，那么就绝对成不了一个好画家！"

"敦，大也；煌，盛也。"敦煌终于等来了常书鸿，残破的洞窟，终于等来了涅槃的火种。

敦煌百姓，功不可没

1943年3月24日，敦煌莫高窟的中寺前，新挂了一块木牌，上书：国立敦煌艺术研究所筹委会。

中寺始建于唐，现有七八间土坯房。夜幕四合，一盏油灯被点亮，灯芯跳动着豆大的火焰。筹委会全体成员，在灯影中张罗着来到敦煌的第一顿晚饭。一锅热气腾腾的厚面片，一碟咸韭菜，一碟咸辣子。汤面没有放

● 今天的莫高窟舍利塔

盐,因为水很咸。筷子则是河滩上折的红柳枝,刮了皮,再割齐整。

"我知道大家都累了,但我想,我们大家的事,应该让大家都知道。别的不多说,我先宣布我们这个筹委会要办的几件事。"饭后,大伙儿盘坐在土炕上,常书鸿悠悠地说,现在我们已经把中寺定为筹委会的会址,以后,主要的工作有三:一是要着手石窟初步调查;二是石窟内部清理;三是石窟内遗物古迹的集纳。

次日清晨,常书鸿怀着无比激动的心情走进大殿,却落了个揪心的疼。那原本画得龙飞凤舞的洞窟穹顶,被风沙掩埋,在流沙中翘着一角,就像是一只呼救的手臂。常书鸿赶紧跑去查看其他洞,一处、两处、三处……仅南区的上百个洞窟,都已遭流沙掩埋。

敦煌400多个洞窟，2000多身彩塑和约4.5万平方米的壁画，积淀着千余年的灿烂艺术，然而如今，壁画被火熏得漆黑、洞窟坍塌、栈道被毁……曾经辉煌无比的莫高窟，遭遇数次洗劫后，竟变得这般荒废！

"这空荡荡寂静幽暗的洞室，像是默默地回顾着它的盛衰荣辱，又像无言地怨恨着它至今遭受的悲惨命运。负在我肩上的工作任务将是多么沉重啊！"常书鸿无比心酸地看着眼前的一切，相对无言。铁马风铃，在微风中发出叮叮、叮叮的声音，一阵强，一阵弱……既像苦难的呻吟，又似希冀的欢呼。

眼下，最重要的是制伏流沙和防止人为二次破坏。常书鸿准备修一堵土墙。莫高窟分南北两区，南区长约940米，北区长约720米。要修的土墙按2米高、2000米长计算，要每天300个人同时施工3个月才能竣工。

常书鸿粗粗算了一下，如果把洞中的流沙全部清除干净，光雇民工就要法币（1935年11月至1948年8月流通的货币）300万元，但他们的全部资金只有5万元，如今只剩下1000余元，这点钱还要维持生活费用。尽管常书鸿一到敦煌，就给当时的国民政府教育部发电报要求汇款，可是3个多月过去了，仍是杳无音信。

时局多艰，经费短缺。半年不到，敦煌研究所就深陷债务危机。为了向敦煌县政府借钱，常书鸿只身穿荒漠，往返城乡，却一无所获。

县长说："常先生，敝县是小县、穷县，先生一看就明白。鄙人不是不肯出力，实在是难以对先生的大举有所帮助。"

常书鸿说:"其实我的要求很简单,我们来的那天就看到了:莫高窟成了无人管理的废墟。当前,最严重的问题是流沙的侵袭。您知道我们这个研究所的主要任务是保护敦煌石窟的,如果不制伏流沙,不把现在洞窟的积沙清理掉,石窟迟早会被流沙淹没……"

县长插话道:"唔,鄙人知道,鄙人知道。可这是天灾,鄙人无能为力。"

百般无奈中,常书鸿给教育部发出了第四份加急电报。这份电报发后,总算收到了回电:同意筑墙,款随后汇。一个"随后",直到多年后,常书鸿才晓得,这不过是官老爷们潦草的敷衍。但在此刻,却让研究所高兴了好一阵。

说起筑墙,常书鸿又想起那日和县长的对话。

"什么?造土墙?你是说在莫高窟造土墙?哈哈哈!"县长笑得龇出了两排血红的牙床,"常先生,你真是个书呆子!竟然想到在那个沙土窝里造土墙!哈哈哈!这没有土的墙要能筑成,你打我三百大板!"

常书鸿很气愤,但转念一想,这县长说的也不是没道理,聚沙成塔,只能是神话故事。

这一日,门外传来杂乱的马蹄声。常书鸿闻声出门,只见,一伙人赶的马车上装着锅灶、柴火、碗筷和油盐酱醋。

"你们这是做什么呀?"

"再过三天就是农历四月初八。"

农历四月初八?常书鸿想了想:哦,这是佛祖释迦牟尼的诞辰。

四月初八,天刚放亮,常书鸿就被鼎沸的人声吵醒了。他出门一看,简直不相信自己的眼睛了。千佛洞前,人山人海。各色摊贩,各自占了地盘,忙着开张。

突然,常书鸿瞅见,一个摊主竟然在"聚沙成墙"。他揉了揉眼,摊主真的在用沙土筑墙。

常书鸿忙上前请教:

"请问大叔,像这样拌沙筑墙,使得吗?"

"怎么使不得?你看这墙不是筑成了吗?"

"不,我说的是要筑一道长长的又高又结实的墙,能围住千佛洞的!"

"也行呀,你要筑多高就多高呗!别看这是沙土,要知道这儿的水管用呀,这里的水,不是挺咸吗?那是含碱量大呀,只要夯得结实,下死劲夯,没有筑不成的!"

常书鸿大喜,筑墙有望!

在常书鸿的催促下,县里派来一个负责工程建设的科长。他打了一下算盘说,一个2米高、2000来米长的土夯墙,要2.7万个工,至少需要2.7万元,加上材料、工具等,不能少于3万元。以每天300人施工,需3个月竣工。但常书鸿手中只剩下1000余元了,等教育部汇款来,更要一段时间。最后,决定缩小规模,只修一个1000米长的墙。

这时敦煌已入夏,往南山挖金沙的人都要经过千佛洞。他们的驴马牲口,便在夜间放牧,继续糟蹋林木庄稼。更严重的是,这些人与土豪劣绅、官僚都有密切关系,流氓成性,任意在洞中居住往来,煮饭烧菜,对石窟艺术作品损坏不小。常书鸿一行只有6个人,顾此失彼，无法照管，因此，修筑围墙是刻不容缓了。

县里来的人说，愿意帮着招募筑墙的民工，但有一个条件：常书鸿需送县长一幅画。

"好，那我就给他画一幅千佛洞的风景画。"常书鸿应了下来。为表诚意，他把画的尺幅定为三尺见方。"人敬我一尺，我敬人一丈。"这是常书鸿的做人标准。

十来天以后，100多个民工来了，紧接着，粮食、柴草等物资，也都源源不断运到这里来，常书鸿心里一块石头落了地。经过50多天的施工，民工们起早贪黑，一道长达千米的墙，完工在即。然而，就在这个节骨眼上，民工们却开始逃走。这里有吃有喝有工钱，为啥要逃跑呢？常书鸿的疑惑，很快有了答案。原来，县里半个子儿没有给，前些日子运来的粮草，都是县里摊派各乡里，乡里又摊到各个村，各个村又强摊到各户自备的，能熬到这会儿的，都是老实人家了。跑了的人，都是没了口粮，饿着肚子干活，换谁又能受得了？

常书鸿吞下被骗的苦水，召开了全体会议。他一五一十地将这些情况向大家通报。第二天一早，常书鸿又率领研究所全体人员上工地，与民工们一起挑水和泥（沙）。看着这些没干过重活的知识分子为了敦煌汗流浃背，民工们被感动了，他们不再逃跑，而是和常书鸿他们一起，夯起了土墙。又过了几天，一道千米长的沙土墙，在千佛洞前拔地而起。同事们开玩笑说，应该叫来县长，"打他三百大板！"

对民工，常书鸿无以为报，教育部的"修墙款"，始终是"随后"。常书鸿背负着深深的愧疚，在笔记本上，记满了那些干活出力的民工的名字。

傍晚,九层楼的铁马风铃,又响了,常书鸿用一把小刀在这道土墙上刻下了一行小小的字:"敦煌百姓,功不可没。"

"哪怕只剩下我一个人,也不会离开敦煌!"

仲夏的敦煌,白杨成荫,流水淙淙。在这美好的季节,常书鸿的工作也紧张有序地开展起来。当时人手虽少,条件也很艰苦,但大家都想干一番事业,情绪高昂。他们首先进行的工作是测绘石窟、窟前除沙、洞窟内容调查、石窟编号、壁画临摹等。

常书鸿要给数百个洞窟一一编号、普查。可栈道破损严重,高处的洞窟上不去。一筹莫展之际,同事推荐了一种叫作"蜈蚣梯"的独木梯。

"有这宝贝梯子,你怎么不早说?"常书鸿仔细看了看这"蜈蚣梯",每隔30厘米就钉个短树棍,虽粗糙至极,但好歹是个梯子。

同事对常书鸿说,"上哪个高处,我替你爬,你自己可不要上!"常书鸿一挥手说:"我们一块爬。你不用担心,我小时候,爬树、下湖摸虾,都是好手呢!"

常书鸿手脚并用,爬上了九层楼的高处洞窟,一个洞一个洞地察看,做着调查记录。九层楼最高处为44米,胆小的人站在上面,低头往下看,腿肚子都会打战。

常书鸿爬到编号为第196窟的洞窟,看见洞门口有一行用墨写的字,字迹虽淡,却也能看得清楚:"此洞系

从山顶下。"常书鸿领着大家进了洞，这个半悬在 30 米高处的洞窟的内容，根据题记可知创建于唐景福年间，前室的木构窟檐是莫高窟现存唯一的唐代木构建筑。洞窟西壁《劳度叉斗圣变》，是晚唐出现的新经变中最富有时代特点的经变画。常书鸿也早从资料上看得一些，但进洞一看，却更有胜境。

出洞窟时，同事抢先一步，想将梯头换个位置，让梯子靠得更稳妥一点，不料一用力，那梯子竟歪倒在了山崖下。常书鸿和同事，上不着天，下不着地，正在危难之际，忽想起了前人的提醒和忠告："此洞系从山顶下"。一位身手矫健的同事，慢慢爬了上去。众人经过焦急的等待，同事终于取来绳子，将大伙儿挨个"救"了出来。

敦煌，古丝绸之路的"咽喉之地"。隋唐的盛景，就像传说中的商队驼铃，悠悠了无踪。现在，这里的生活，被寂寞统治。一位同事发了高烧，迷迷糊糊之际，梦呓似的说："常，常先生，我，我要是，真是不行了，无论如何，也要把我拉到，有，有土的地方去埋……"泪水顺着通红的脸颊流了下来，他缓了缓，提高了些许音量："常先生，可千万千万，别把我扔到沙漠里呀！"

常书鸿硬是把眼泪憋回了眼窝，安慰道："看你说到哪去了？车子套好了，这就送你去县城医院……"不多时，研究所唯一的交通工具——一辆牛车，在众人的注目中，载着这位同事向县城奔去。

1944 年的元旦来临时，国立敦煌艺术研究所终于去掉"筹委会"这三个字，正式宣告成立。

一天，同事慌忙赶来，拉着常书鸿，就往现场赶。

● 莫高窟第 196 窟中心佛坛胁侍菩萨塑像，唐。此尊菩萨体态丰盈，神情娴雅，弯眉细目，唇角含笑，给人以雍容大气、亲切祥和之感；呈自在坐姿，上身袒露，颈佩项饰，肩部斜披圣带，臂戴钏镯，左手抚膝，右手上举，下身衣饰自然流畅，图案与宝座浑然一体

●莫高窟第196窟《劳度叉斗圣变》（局部）。经变，是描绘佛经内容或佛传故事的图画。相传古印度舍卫国大臣须达因缘巧合，得见释迦，皈依佛门。释迦派弟子舍利弗与须达选址建立精舍；祇陀太子愿赠祇园之树，与须达共建精舍。与释迦牟尼不同道的六派人物闻讯后，要求与其斗法，得胜后方可起精舍。斗法之日，长于幻术的劳度叉变树、池、山、龙、牛、夜叉形；舍利弗以神通力，作风、六牙象、金刚力士、金翅鸟王、狮子王、毗沙门天王破之。劳度叉败。比丘敲钟告捷，外道皈依佛法。

● 1944年,国立敦煌艺术研究所全体员工合影

原来,同事在泥塑的中心支柱中,发现了写着经文的残片。常书鸿到现场一看,这些保持干燥的写经保存得非常好,轻轻剥开一看,他几乎惊叫出来!"北魏""六朝",这些年代标示告诉他:这将是敦煌和莫高窟的又一个震惊世界的发现!

定下心来后,常书鸿当即决定:为鉴定准确,特地邀请当时正在敦煌佛爷庙发掘晋墓的中央研究院的考古专家夏鼐、向达等人来进一步鉴定。

次日,同事们又夹着一卷经卷交给他,这也是在泥塑旁的土砖中发现的。两次发现所得,计有佛家经、咒、疏等79件;另有写卷碎片32件,价值"不可估量"。

北魏、六朝写经被发现的消息,不胫而走。不久后,兰州的《西北日报》"西北文化"第23期《敦煌艺术特辑》的第一期上,刊载了这条消息,这件事被宣传得轰轰烈烈。

日子过得很快,转眼又一年过去了。

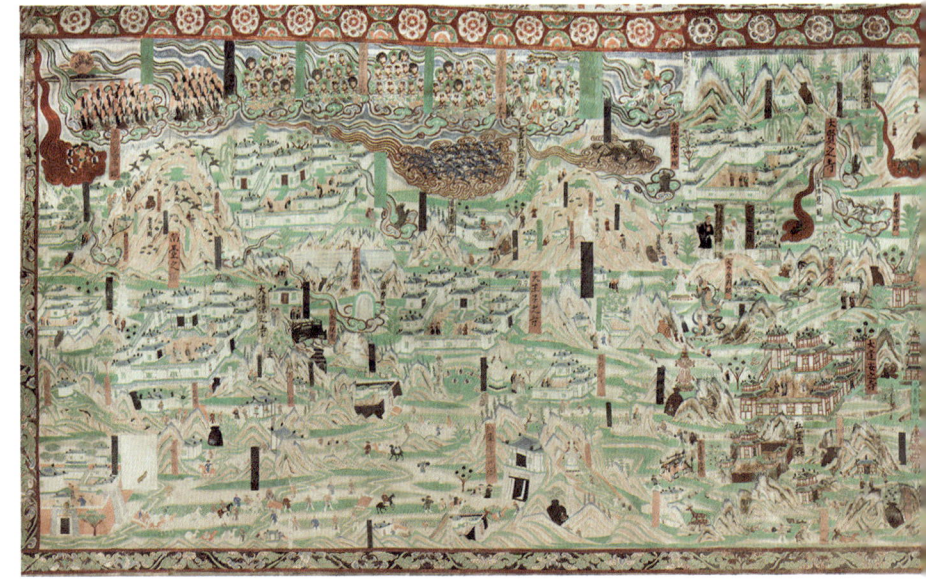

1945年,抗战胜利,举国欢庆。常书鸿噙满热泪,站在大佛殿上,抱着那根巨大的钟槌,用力撞响了那口大铁钟。他一边撞,一边高呼:日本鬼子投降啦!

大喜大悲,常书鸿怎么也没料到,和抗战胜利的消息一起到来的,还有当时教育部的一纸电文:"抗战结束,百废待兴,国家重建,资金有限,从即日起,撤销国立敦煌艺术研究所。"常书鸿无比惊诧,国之瑰宝,这个政府竟弃之如敝屣。

那几日,研究所的同人,个个愁眉打结,人心惶惶。职工走了,学生也来道别。常书鸿叹出一口气,说:"好吧,只要你们心中有敦煌就行!"

夜凉如水,大漠黢黑。常书鸿辗转反侧,不能寐。他们都走了!一个又一个,心爱的学生、得力的助手、相濡以沫的同事、曾经同甘共苦的挚友,都走了。一个又一个,他们都走了!

● 莫高窟第 61 窟《五台山图》，五代。为通壁巨制，长 13 米、高 3.6 米，主要描绘五台山地理形势和其中重要寺院，为同类题材壁画之最。相传五台山是文殊菩萨的道场，自北魏起就成为佛教圣地。唐代敦煌壁画中就出现了《五台山图》

　　常书鸿已经接连几夜睡不着觉了。他手持蜡烛，走进熟悉的 254 号洞窟，站在东壁南段的《萨埵太子舍身饲虎图》前。饲虎图画的是三太子出猎，最小的萨埵太子，见母虎和七只小虎饥饿消瘦，投身饲虎，后来成了佛。常书鸿想，既然萨埵太子可以舍身饲虎，他自己为什么不能舍身侍奉艺术，侍奉这座艺术的宝库？

　　"哪怕只剩下我一个人，也不会离开敦煌！不会离开莫高窟！"常书鸿对着千佛洞说：上天为证，就是剩我一人，我常书鸿也不会走！九层楼檐下的铁马风铃，再次叮叮响了起来。

　　第二天一早，常书鸿又开始了对计划内的第 61 窟文殊洞西壁画《五台山图》的揣摩。组织临摹这幅壁画的构想，已经很久了。这将是个旷日持久的大工程，在目前这样人手散失的情况下，没有得力的人选，没有死心塌地固守敦煌的人，是断难完成的。可是，越是眼前这

● 莫高窟第61窟窟室内景。五代。第61窟是归义军节度使曹元忠夫妇在10世纪中期修建的功德窟。为莫高窟大型洞窟之一。为覆斗形殿堂窟，中央有二层台式中心方坛。在敦煌文献中，又称"文殊堂"。

样的局面，他越要操心这幅壁画的完成。它将是只许成不许败的标志性成果，有朝一日完成，必将引起全世界的瞩目，和这儿所有的石窟一样，这幅壁画必将列入全人类的重要文化遗产。

常书鸿几经波折，去了重庆，各处游说，甚至是乞求，但在这个贪污成风、昏天黑地又纸醉金迷的所谓陪都，哪有国宝的立锥之地？常书鸿四处化缘，总算筹到了丁点物资。站在夜幕降临的重庆，常书鸿向西望去，他知道，敦煌应该满是光明。

离开的人，还在增多。但常书鸿怎么也想不到，妻子竟会不辞而别。他骑马去追，可纵是赤兔、的卢，也

● 1948年敦煌艺术研究所维修莫高窟崖面

追不上一颗诀别的心。追出去没多远,他眼前发黑,从马上跌了下来。家都支离破碎了,"痴人"常书鸿还守在敦煌,呵护着沙海中那小小的绿洲。

妻子陈芝秀是被国民党军官赵忠清拐走的,那是1945年的夏天。悲伤过后,常书鸿还是决定带着儿女留在敦煌。

他的坚持很快有了收获。此后,更多的年轻人来到了这里。莫高窟的春天,似乎不远了。

然而,对常书鸿而言,心平气和地躲在洞窟里临摹的日子,很快就结束了。他忙于带领大家维护洞窟,治沙;他还得面对土匪和军阀的勒索;他想尽办法抵御这些外来的压力,用女儿的画作为交换,保住了洞窟中的彩塑;为了给洞窟装上门,他不得不时常前往敦煌县城,动员官员、商人们做功德,捐献窟门。

1979年年底,陈芝秀死于心脏病。常沙娜把母亲去世的消息告诉了常书鸿。忙碌的常书鸿若无其事地"哦"

了一声,平静地询问着她去世的原因和去世的时间,又去忙别的事情了。过了几个小时,常书鸿突然失魂落魄地叫住常沙娜,连问了几声:她死了?她死了,她死了……

敦煌文物展览

1949年,常书鸿拒绝了国民党当局将敦煌展品运往台湾的命令,又组织保卫小组,使石窟在当时一片混乱的局面下免受洗劫。

荣辱盛衰几千年,雄鸡一唱天下白。

1949年9月28日,塞外晴空如洗,阳光灿烂,一面鲜艳的红旗飘扬在敦煌古城城头。继酒泉、玉门、安西解放之后,敦煌沙州古城也宣告解放了!敦煌——这个戈壁上的孤岛绿洲,玉门关内"华戎所交"、汉代始建的古城,留下了4世纪至14世纪前后千余年的艺术珍品,铭刻着古代西域各族人民之间友好往来的美丽篇章。自20世纪初敦煌石室密藏被发现以来,这里又留下了帝国主义分子劫夺盗窃敦煌文物文献的痕迹。如今,沧桑巨变,人民创造的艺术宝库,终于又回到了人民的怀抱。从此,敦煌翻开了新的一页,莫高窟迎来了新生。

这一天,常书鸿在古老的千佛洞前升起了鲜艳的红旗。因为一时弄不到鞭炮,常书鸿便到九层楼上,敲响了那口声音洪亮的大钟。浑厚的钟声伴随着大家的欢呼,在沙海和戈壁上久久回荡,欢庆敦煌新时代的到来。这是自庆贺抗日战争胜利击钟以来,常书鸿第二次击钟庆贺。

第二天清早,一支解放军队伍来了。他们乘坐三辆大卡车来到莫高窟,在下寺——三清宫门外下了车,排着整齐的队伍,服装整洁,精神饱满,队伍前面红旗招展,迎着莫高窟大门口列队而来。这是常书鸿生平第一次见到解放军。走在前面的是几位年纪稍长的军官,但服装与士兵无异。常书鸿猜想,这大概就是驰骋南北战场的将军们吧。迎着阳光,常书鸿向他们走去。这时一位年富力强的战士向他走过来问道:"你就是这里的领导常所长吗?"

"正是。"常书鸿答,并接着问:"你们的首长呢?"

这时两位面带笑容、目光炯炯有神的解放军向常书鸿走来。年轻军人介绍:"这是我们的张献奎团长和戚成德政委。"

张团长一个箭步走到常书鸿面前,握着他的双手,久久没有松开。常书鸿把他们一行领进早已布置好的接待室。在不足30平方米的会议室里,研究所的10多位同事和解放军战士挤满了一屋。因为会议室地方小,那些坐不下的战士,就在院内大榆树下摆设的凳子上休息。在接待室里,常书鸿向张团长一行介绍了研究所的同事们。张团长风趣地说:"看我们像不像是国民党宣传的那种青面獠牙的怪物?"

常书鸿听了忍不住笑了起来,说:"我们才不相信那些鬼话呢。其实他们自己才正是杀人放火的强盗呢!他们在临解放的前两天,还在阳关所在的南湖进行了野蛮的抢劫,还扬言要来千佛洞。为此,我们还做了一些保护莫高窟石窟文物的工事呢!"

●莫高窟第158窟北壁西侧《各国王子举哀图》，唐

说着，常书鸿就把工作人员分作几个小队，引导着子弟兵们参观石窟。他带领张团长一行参观。他们很仔细地听常书鸿介绍敦煌石窟艺术。面对五彩缤纷的壁画和彩塑，他们惊叹祖国有这么美好的文化艺术遗产，一再嘱咐常书鸿要好好保护。当经过石窟群南端第130窟，从底层小洞门沿着傍岩的狭窄暗梯道鱼贯而行，攀登第156窟、158窟、159窟这一组最高层洞窟后，就看到了常书鸿他们在暗道口用麻布做的沙袋，以及装满大量鹅卵石的口袋堆筑的工事。张团长很认真地看了工事及洞窟内备藏的干粮、水缸和铺盖等。常书鸿笑着对张团长说："这是我们这些没有战斗经验的书生们的幻想，一定没有实用价值的吧！"

不料张团长却用赞叹的口气说："很好！很好！别看你们表面上文质彬彬，到了紧要关头还真的有两手呢！

现在,有了共产党和毛主席的领导,在解放了的新中国,你们专心做保护和研究工作吧!有我们在,你们再也不用担心害怕了。过去,你们在沙漠中长期工作的精神是很可贵的。我相信你们今后会更好地从事石窟的保护和研究,专心致志地贡献自己的智慧和力量!"说罢,他从口袋里掏出一本小册子递给常书鸿。这是一个以郭沫若同志为首的北平文化界向全国文化界发表的宣言。宣言中强调"文化工作者只有在政治上坚决向中国共产党靠拢才有光明的出路",并号召人们在新形势下努力学习,加强思想改造。这本小册子里还登载了郭沫若同志到达刚解放的北平时,在火车站向新闻记者发表的激动人心的诗句:"多少人民血,换来此矜荣!"

几天后,常书鸿接到刚成立的敦煌县人民政府的邀请,红色信皮上写着"常书鸿所长收"几个大字。驻敦煌的骑兵师专门派警卫送来一匹白色灰点的大马,常书鸿骑上马不到一个小时就赶到了城里。

解放了的敦煌县城,生机勃勃,欣欣向荣。大街小巷张灯结彩、红旗飘扬。商店营业,生意兴隆。街头熙熙攘攘,军民联欢的秧歌队、高跷队披红挂绿,在喧闹的锣鼓、震耳欲聋的鞭炮声中,载歌载舞地从四面八方涌来。人人笑逐颜开,欢呼庆贺。

入夜后,敦煌钟楼上,按照旧时敦煌古郡在农历正月十五张挂彩画壁灯的传统风俗,悬挂了一幅高三丈宽两丈的绢绘彩色经变画像。绢画后壁架上点燃了近百盏油灯,透过灯光,整个彩画在夜空中闪闪发光,真是金碧辉煌、普天同庆!彩画前有欢腾的人们在尽情地歌唱着"解放区的天,是晴朗的天,解放区的人民好喜欢……"一边唱一边扭秧歌,常书鸿觉得自己仿佛置身在敦煌壁画中"西方净土极乐世界"的幻想天地中。

几年后,常书鸿赴京筹备敦煌文物展览。他十分明白这个展览对于敦煌、对于世人难以得见的这个中华民族的宝库的重要意义,这也是新中国成立以后,对莫高窟人的第一次检阅。这场筹备,一直忙到了来年4月。

多年以后,常书鸿还是忘不了1951年展览开幕前4月7日的下午。这一天,细雨蒙蒙,大约下午两点半钟,一辆小轿车从端门朝午门开来,停在了午门的城楼下。

一位警卫员先从车子里出来,随手就把一件天蓝色的雨衣披在刚刚下车的一位首长身上。这位刚下车的首长看到常书鸿一行没有拿伞,站在细雨中等候他的到来,就马上把披在肩上的雨衣脱下来交给警卫员。

常书鸿几乎不相信自己的眼睛了——来人竟是周恩来总理。

上午,常书鸿曾接到中南海办公厅的电话,说是下午3时左右有领导同志要来,让他到时候不要外出,以便能在会场亲自做介绍。然而,常书鸿怎么也没有想到,这位领导同志竟是日理万机的周总理。正在他惊诧时,周总理已大步走了过来,紧紧地握住他的手,热情地看着他说:"早已知道你了!记得还是在1945年,我在重庆七星岩也曾看到你们办的'敦煌摹本展览会'。已五六年了。但那次只有一二十件展品,现在规模大得多了!"

常书鸿说:"我也知道早在五六年前,总理就对我们的工作给以支持和鼓励,正因为您的鼓励和支持,我们

才得以继续工作。"

展品分三大陈列室陈列：

第一陈列室、序厅及敦煌文物参考资料

1. 总说明；

2. 敦煌文物参考资料：

（1）本所于1945年在中寺土地庙发现的北魏写经68卷；

（2）唐代白描绢画菩萨像3幅；

（3）辽阳汉墓壁画残片（摹本）；

（4）敦煌壁画残片（实物）；

（5）彩塑摹本等。

第二陈列室：

1. 莫高窟地理环境与历史背景；

2. 莫高窟历代之代表作壁画摹本：

（1）北魏、西魏时代壁画摹本共256幅；

（2）隋代壁画摹本共177幅；

（3）唐代（分初、盛、中、晚）、五代、宋、西夏、元各时期代表作壁画摹本等共计3655幅。

第三陈列室：

历年帝国主义者劫夺敦煌文物罪证。

第一陈列室中有一幅白底红字的横披大标语。标语前面写了"代序"二字，接着写了毛主席《在延安文艺座谈会上的讲话》片段："我们必须继承一切优秀的文学艺术遗产，批判地吸收其中一切有益的东西，作为我们

● 莫高窟第 428 窟窟室内景，北周。此窟位于莫高窟入口上方三层，为莫高窟最大的中心塔柱窟，建于北周（557—581）。主室平面呈方形，设中心塔柱，塔柱四面各开一龛。也是敦煌石窟中供养人最多的洞窟，有供养人像一千多身

敦煌掌门　　　　　常书鸿　敦煌守护神

● 莫高窟第 428 窟北壁
《降魔变》

从此时此地的人民生活中的文学艺术原料创造作品时候的借鉴。"周总理在这个大标语前站着，仔细地看后说："毛主席在延安文艺座谈会上讲的这段话，今天看来仍然非常重要。全国广大的文艺工作者，对于如何从人民生活中吸取养料，批判地对待古代民族的历史文物，从古代封建社会和现在资本主义的各式各样的创作中，批判地吸收其中对革命有益的因素，作为我们加工成为观念形态上的文学艺术作品是非常重要的。但是今天我们还有一个与帝国主义斗争（指抗美援朝）的任务。我们敦煌灿烂的文物，半个多世纪以来，在昏庸的清王朝和国民党反动派放任不管的情况下，受到了帝国主义者的掠夺和破坏！这个展览会起到配合抗美援朝进行爱国主义教育的作用。我自1945年在重庆见到你们初步的临摹工作时，就鼓励你们要在困难中坚持工作。直到今天看到你们如此丰富的业绩，我是非常高兴的！"

常书鸿亲聆总理的赞誉和教诲，感动得不知说什么好，只是说了句："我们虽然做了一些工作，但离党和人民对我们的要求，还是很不够的！"

周总理爽朗地说："不！决不是这样！你们长期在敦煌艰苦的环境中，做了不少工作。"接着周总理又说："看了你们这许多临摹作品，我想敦煌艺术的发展，一定有一个全盛时期。我想请你讲一讲为什么会这样发展呢？"

"我过去在法国是学习希腊、罗马时期西洋美术史的，对于祖国的艺术毫无所知。这几年虽然在敦煌用心研究，但我学习得很不够，只能简单地说说。"常书鸿说，敦煌艺术，是汉魏以来佛教自印度传入后，中国民族造

● 莫高窟第428窟《降魔变》,董希文临摹本

型艺术突飞猛进发展的结果。在此以前,中国古代艺术主要通过墓葬壁画、明器、俑人以及祭祀时用的器皿等反映出来。自汉武帝派张骞出使西域后,随着佛教的传入,佛教艺术也相应地由天竺通过丝绸之路传入中国。这使文学艺术中原来为封建统治阶级歌功颂德、举贤戒愚的主题内容,改变为宣传佛陀一生及佛陀在成佛之前故事的宗教内容。通过宣传要人们相信,只要善男信女一心念佛,人人都有进入西方极乐世界的希望。大乘佛教与早期印度教的不同之处,在于它不分贫富贵贱,简单的念佛修行就可以得到解脱,所以佛教就越来越符合广大民众的希望和幻想,成为世界宗教之一。宣传这种来自印度难明难解的异国佛教教义,需要用艺术的手段来加以烘染和解释。这就是地处丝绸之路要隘的敦煌佛教艺术经过千年的不断产生和发展,能够留给我们如此丰富而且灿烂的佛教艺术遗产的主要原因。

周总理一直在认真听常书鸿讲,有时对着展出的摹本不断地点头。第428窟北魏飞天的摹本笔触、用色非常有力、浑厚。周总理说:"我看这和云岗、龙门石窟雕刻一样,其气势之雄伟、造型之生动,使我们体味到中国艺术的'气韵生动'四个字。从敦煌壁画摹本看来,表现得更加突出。"周总理停了片刻,继续说:"当然,雕刻在石头上展现的是刀斧之功,这里在壁画上却是笔墨之力,南齐谢赫的'画有六法'是当时评选中国画创作的标准。想不到在敦煌壁画中得到了印证!"

听到周总理对敦煌艺术深刻又一针见血的高论,常书鸿十分钦佩,又受益匪浅。"欢喜赞叹,真是胜读十年书。"常书鸿后来回忆说。

周总理又回过来看北魏第428窟董希文临摹的《降魔变》。他对这幅画很感兴趣,在仔细地欣赏魔兵外道的服装和魔女变丑妇的描绘时说:"这些笔触,颇有龙门十二品、魏碑上龙飞凤舞的气魄。"周总理顿了顿,说:"有些神鬼的造型,使我想到——可能你也记得,巴黎圣母院檐上装饰着的怪兽的造型。"

周总理敏锐地发现了敦煌北魏艺术与欧洲艺术之间的有机联系。巴黎圣母院是早期哥特式建筑的代表,哥特式艺术是希腊、罗马艺术与少数民族哥特人的文化艺术相结合的产物。敦煌北魏时期艺术,实际上也是汉族文化与西北少数民族鲜卑拓跋部文化相结合而形成的。

周总理亲切的教导,一直像昨天刚讲过的那样留在常书鸿的记忆中。忆及1951年4月的那个下午总理慈祥的笑貌和手拿总理雨衣在旁的警卫,仿佛是昨天的事一

样。"但时间迅速流逝,已经是几十年前的事了!"常书鸿晚年曾深情回忆说。

1963年到1965年,正是在周总理的亲自过问下,政府拨款100万元,对莫高窟长达576米、含354个洞窟的南区北段洞窟崖体实施了加固工程。对这项盼望已久的石窟保护措施的落实,常书鸿比谁都激动。

周总理参观之后的第三天,敦煌文物展览举行预展。预展时,就接待了中央政府各部门的有关领导,首都的文化艺术界、文物工作者以及科学界等200余人士。

这次展出引起了中外参观者的极大热情和关注,外交部还特定了一天专门用来接待各国驻华使节和国际友人。为招待外国驻华使节的参观,举行了专场展览。法语接待的工作,落在了常书鸿身上。用法语向他们做介绍,常书鸿驾轻就熟,参观者听得十分入迷。一位瑞典

● 20世纪50年代,常书鸿在敦煌文物研究所

公使兴奋地说:"我国有一个敦煌学专家叫高本汉。他毕生研究敦煌学中的文书写经,在文字书法上做文章,但从来没有讲到有关敦煌壁画艺术的成就。可惜他已去世了,否则我一定要请他看看在敦煌学的宝藏中,还有许多珍贵的佛教艺术遗产。"

又过了三天,敦煌文物展览隆重开幕。中央人民政府政务院文化教育委员会主任、中国科学院院长郭沫若亲临会场指导后,挥毫题写:

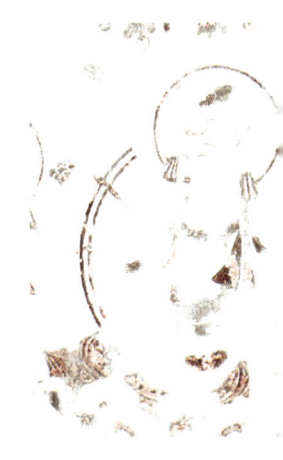

这样规模的研究业绩值得钦佩,不仅在美术史上是一大贡献,在爱国主义教育上贡献更大。

正式展览开始,参观人流如潮,热闹的景象大大超出筹办者的预计。大门里外,挤满了参观者,人们在三个大厅的1220项辉煌夺目的文物和壁画摹本前鱼贯穿梭。参观的群众,第一次看到了千余年前劳动人民在敦煌所创造的敦煌艺术和文物等宝贵的文化遗产,同时也看到了帝国主义劫夺祖国文物的可耻行为。热情地在留言簿上纷纷表示了自己对祖国文物的爱护与对帝国主义者的无比愤怒。常书鸿没有想到,多年来他们在沙漠上的艰苦工作,今天在革命的建设事业中和抗美援朝的爱国主义教育中,起着如此积极的推动和鼓舞作用。

对这些文物和摹品,大家照例有各自特别关注和喜爱的对象。除了人所共知的藏经洞的图片外,人们对第一室的那份于1945年在中寺土地庙发现的68卷北魏写经,也表现出了浓厚兴趣。68卷北魏写经与藏经洞的发

● 1956年7月，常书鸿等在研究工作

● 1954年，常书鸿在莫高窟峭壁上指导工作人员维修栈道

● 1954年，莫高窟第111—126窟前的运沙队伍

现,可谓是"敦煌双璧"。于是,常书鸿不得不一次又一次地被热情的参观者请到场地中进行讲解。

常书鸿清楚地记得,正是新中国的这个展览会,给敦煌带来了巨大的荣誉。《人民日报》刊发报道《艰苦工作八年的敦煌文物研究所工作人员》,便是对全体同志的表彰。

在为期近两个月的展览落幕之前,又一特大喜讯传来:1951年6月6日,中央人民政府隆重给予敦煌研究所全体同志颁发奖状和奖金。

颁奖大会在中国科学院的礼堂举行。

郭沫若在奖状上亲笔书写的那段话,常书鸿一直都记得——

敦煌文物研究所全体工作人员在所长常书鸿领导下,长期埋头工作,保护并摹绘了一千五百多年来前代劳动人民辉煌艺术伟制,使广大人民得到欣赏研究的机会。这种爱国主义的精神是值得表扬的。

特颁奖状,以资鼓励。

捧回这帧不是一般印制,而是特别的、长4尺、宽2尺、边上画着富丽堂皇的敦煌唐代图案,并十分庄严地盖有中华人民共和国政务院文化教育委员会朱红大印的奖状时,常书鸿百感交集,禁不住热泪滚滚!

获奖的当天晚上,常书鸿伏案疾书,把这一喜讯向全所工作人员汇报。他最后一段是这样写的:

今天的问题是，为了不辜负党和人民政府给我们的鼓励和鞭策，我们应该再接再厉，以忘我的热情和劳动，更进一步对敦煌文物加强保护和研究，用马列主义、毛泽东思想为武器，对敦煌文物进行批判的研究和分析，推陈出新，古为今用，作为我们从此时此地的人民生活中的文学艺术加工成为观念形态上的文学艺术作品时的借鉴。

当晚，常书鸿回忆着新中国成立以来的一幕幕令人振奋的情景，想到党和人民对敦煌事业的巨大支持、关怀、鼓励和鞭策，激情满怀，辗转难寐。半个世纪以来，令人痛心凄怆的往事又一幕幕地浮现在眼前。1900年5月26日，敦煌石窟藏经洞的发现，是20世纪初期我国文物考古方面震撼世界的伟大发现。它使我国自4世纪到14世纪千余年间政治、经济、军事、天文、地理、历史、文学、艺术、民族关系、宗教信仰等方面的情况，以活生生的逼真的艺术造型和文字手卷公之于世。但是，由于清王朝的腐败和孱弱，以及地方官吏的昏庸和无知，自1906年以来，斯坦因、伯希和、华尔纳、鄂登堡、科兹洛夫、勒哥克、格仑俄特、大谷光瑞和橘瑞超等纷纷窜到敦煌千佛洞，采用利诱、诓骗、恐吓、威胁等软硬兼施的卑鄙手段，先后盗走数以万计的经卷、文书、刻本、佛画、丝织物等珍贵文物。他们把所窃赃物据为己有，并作为"善本""珍品"封闭在伦敦、巴黎、圣彼得堡等地的博物馆或图书馆中，甚至不让中国人过目、抄写、拍照。

● 1959年,常书鸿和同事们在天梯山石窟前合影

可喜的是,这样的日子已经一去不复返了。现在,在国内的敦煌石窟艺术文物已全部回到人民手中,成为全体人民的财富。而这个艺术主体如今在人民手中得到珍视爱护,再也不会受到任何人的破坏了。"今后,我们要永远做敦煌艺术宝库的忠实守卫者,让伟大的敦煌艺术世代相传,千古流芳。"常书鸿郑重写道。

敦煌的新生

长年在地处戈壁的敦煌莫高窟,生活艰辛可以想象,但这丝毫没有减少常书鸿对敦煌,以及这里的一草一木、春夏秋冬的热爱。

当莫高窟前大泉的冰河化作春水，人间三月的和煦暖风，就会匆匆把树上的榆钱和地上的苜蓿吹绿，在灰黄的砂岩间，点缀出嫩绿的新芽。接着，杏花、梨花在枝头悄然绽放，入冬后销声匿迹的黄鸭子，竟又在九层楼的岩石隙缝中，开始孵育小雏鸭。蜂鸣鸟叫应和着路旁水渠中的蛙声，静谧的千佛洞一下子有了生机。

"最后，那具有西域情调的金黄色沙枣花，以它浓郁的香味，送来了农历四月初八释迦牟尼诞生的浴佛节庙会。"常书鸿后来在一本书中如是写道。

当粮棉下种，春忙季节告一段落。人们趁着农忙间歇的空隙，于四月初八，乘汽车、自行车、牛车、骆驼、马等各式各样的交通工具，携儿带女，带上锅灶、吃的、用的、玩的，在新店子到千佛洞15公里的马路上络绎不绝，连成了一条车水马龙般的行列。

"爱玩好闹的青年男女还随带着板胡丝竹，三三两两地坐卧在白杨树的树荫下，或淙淙不绝的泉水边，一时歌声和郿鄠曲牌的音乐此起彼伏……爱俊俏的敦煌农村姑娘，头上戴着各式各样的塑料发夹和绸带，在沙滩边收集野马兰的花束。"常书鸿将眼前的热闹一一写了下来，"在这里，可以听见流行在甘青间的'花儿'唱、'二人转'、郿鄠戏……直到新月的斜影照射在宕泉*上发出闪闪的寒光，戈壁滩夏夜袭人的寒气，才使热闹的白昼慢慢静寂。"

---

* 宕泉，距莫高窟15公里，此处泉水汇合起来北经莫高窟，唐时称"宕泉"，今多称"大泉"。

夏天的敦煌，太阳从早上 5 点钟升起于三危山后，一直到晚上 9 点钟，才从鸣沙山背后落下。在白昼漫长的日子里，太阳每天挂在天空 16 个多小时。这些日子里，在幽暗的洞窟内部，由于烈日当空，反光强烈，不用电灯也可观望壁画和塑像。

夏天，沙漠的气候也显得最特别。"中午，在太阳下的温度可以直升到 60℃ * 以上，如果你愿意的话，把一个鸡蛋埋在晒热的流沙中，不到 10 分钟就可以烤熟。"常书鸿后来回忆说，但这里的空气却是那么干净，那么纯洁，人们只要在阳光射不到的树荫下，就能享受到凉爽。在房屋中，只要关闭了窗户，放下竹帘，不使阳光射入，室内总是那么清凉。经过半天的劳动，午餐之后，在静悄悄的连小鸟也不叫一声的环境中，小睡片刻，真是一剂消除疲劳的良药。

常书鸿们在午睡醒来后，喝一杯千佛洞到处皆是的甘草凉茶，精神抖擞，暑气全消。于是，大家三三两两地拿着夹衣，甚至带着棉袄和羊皮大衣，背上工具箱，穿过窟前的热浪和流沙，走到用柏油铺就的林荫路上时，就会感到很凉爽，等走到洞窟门口时，就要准备受一股冲出来的冷气袭击，于是披上夹衣或棉袄。这时，常书鸿们用清醒的头脑，在自己的岗位上，临摹、摄影，或做记录研究，继续工作。

等完成工作出来时，傍晚 6 点钟的太阳还是那样火辣，大家喜欢再用一点时间在集体种的蔬菜瓜果地上转

---

* 此处指地表温度。

一下。若是有成熟的瓜，或该摘的蔬菜，就摘下来一起交给管理员，准备晚饭后食用。夜色渐浓，大家围着桌子吃一阵比哈密瓜还要香甜的"古瓜州"的瓜，那是他们自己的劳动成果，无比甘甜！这时候，常书鸿最能体会到西北流传的一句耐人寻味的口头语：早穿皮袄午穿纱，晚上围着火炉吃西瓜。

常书鸿是带着对敦煌深切的热爱，投入莫高窟的保护工作中去的。"莫高窟是伟大祖国民族艺术的明珠，也是我心中的明珠，爱护它就像爱护自己的眼睛一样。"常书鸿曾说，敦煌的保护工作是一件关系千秋万代的大事。敦煌石窟自创建至今已1600多年。经历了这么长的岁月和各种天灾人祸，至新中国成立时，许多洞窟已经坍塌或岌岌可危。

敦煌石室出土的唐人写"敦煌条"有以下记载：

● 1957年10月，莫高窟第196窟佛坛南侧，工作人员在处理坠落的窟顶壁画

● 莫高窟第217窟北壁《观无量寿经变》彩云飞天,初唐。此窟为唐代敦煌望族阴氏家族修建的功德窟。画面中净土庄严辉煌灿烂,气象万千。空中彩云遍布,琴、鼓等乐器合鸣,呈现出令人向往的"广净明土"境界

瓜州南有莫高窟,去州二十五里,中过石碛,带坡至彼,斗下谷中。其东即三危山,西即鸣沙山,中有泉自南流水名之宕泉。

根据记载,可以准确得知莫高窟的位置,也能了解它所处的环境。莫高窟,修凿在大泉西岸碛石的岩壁上。这个碛石的岩壁属于第四纪酒泉系的砾岩,是一种由卵石和钙化沙土结合的岩层,地质年代并不太远,易于风化剥落。只要在砾岩上灌一些温水,岩壁就会融化脱落,也易于雕琢。幸运的是,敦煌地区雨水较少,否则在雨水冲刷之下,莫高窟怕早已遭到毁灭性的灾难了。但风沙的威胁还是异常大,每年春、冬,来自西北和东北的

● 1953年10月,敦煌文物研究所在榆林窟夜间工作情况

大风,势头凶猛而持久,往往一夜风沙,就在栈道走廊或窟门口形成一座沙丘,阻碍交通,有时还会压塌洞窟廊檐。还有其他危害,也是日日侵蚀,如洞窟壁画的色彩纹样的磨灭及壁画因酸碱画皮剥起、发霉等。

为此,常书鸿专门向社会文化事业管理局反映莫高窟的这些情况,引起了中央的重视。在北京举行的敦煌文物展览闭幕后,1951年6月,中央调请北京大学赵正之教授、清华大学莫宗江教授及余鸣谦、陈明达等古代建筑专家到敦煌,帮助敦煌莫高窟进行石窟文物保护工作的全面调查、勘察研究,并确定了采取治本与治标相结合、临时与永久相结合、由窟外到窟内逐步进行的方针。对莫高窟石窟文物保护工作的调查报告,很快得到中央肯定并批准对莫高窟现存岌岌可危的五座唐宋时代窟檐的木构建筑进行抢修。

这五座窟檐的具体情况分别如下。

第196窟前室窟檐，顶部已坍塌，但原来唐代建筑的梁柱斗拱一承其旧。据窟口甬道壁画上供养人题记："勅归义军节度沙瓜伊西……"由此来看，这座窟檐系晚唐时代建筑。这次只做了现存木建的加固工程，至于整个窟檐的复原工作有待今后收集资料进一步进行。

第431窟前室木构建筑窟檐。这是有宋代纪年的一座建筑，在原来栋梁上有楷书题记："宋太平兴国五年岁次庚辰二月……"这次修复工程从岩脚支顶已朽损的托梁，复原了扶栏，修复了顶部并做了鸱尾，门窗均按损毁残留部分予以复原。

第437窟前室木构建筑窟檐，坍塌严重。有窟门甬道南北两壁绘制的男、女供养人题记："归义军……曹元忠供养勅受凉国夫人浔阳翟氏……"由此来看，这是宋代建筑。这次修复工程是按现在损毁残留的梁、柱、斗拱、顶、栏杆、门窗等做了复原。

第444窟前室木构建筑窟檐。在横梁上有楷书题记二行："维大宋开宝九年岁次丙子正月……曹延慕之世并建纪"。这次修复了下部托梁，复原扶栏和窟檐顶及鸱尾，门窗按原样修复完整。

建于隋代的第427窟。这是一座前后室完整的大型中心柱窟，前室横梁上有楷书二行："维大宋乾德八年岁次庚午正月……曹元忠之世并建此窟檐纪"。该窟前室仍保存有完整的四大天王及二力士，系隋代原塑，宋代重妆。修复基本上保持了原貌，整旧如旧。

这是新中国成立以来第一次对莫高窟五座唐宋窟檐进行抢修。新中国成立以来，中央人民政府连续颁布了一系列有关保护文物古迹的政策、法令。过去长期存在的那种任人盗窃文物和对祖国文化遗产无人过问，让其自生自灭的无政府主义状态逐渐得到纠正，人民群众也对文物保护工作有了比较正确的认识。随着管理工作的加强，来千佛洞参观游览的人虽然越来越多，但任意损坏壁画、彩塑和在墙上刻写"到此一游"的现象越来越少了。人为损毁石窟的情况已杜绝。

自从20世纪初藏经洞被发现以来，经王圆箓道士之手，陆续被帝国主义分子和当地官僚地主盗走的文物有数万件。新中国成立前，在没落的清政府和腐败的国民党政府的纵容下，敦煌文物被奸商恶霸作为捐官致富的工具。有一个时期，流散在敦煌民间的文书、写经，甚至以尺寸、以行字零星沽售，那是多么痛心的过往，那是多么无道的政府。

新中国成立后，人民政府颁布了一系列新的文物政策、法令，使得广大人民群众对于文物有了新的认识，不少敦煌农民和商人把家中祖传的一些零散文物主动送到敦煌文物研究所。常书鸿记得，敦煌县城有一位中药店店主刘掌柜，主动把菩萨绢画无代价地捐献给研究所收藏。历年来，敦煌文物研究所收集了大量文物，其中汉文遗书360余件，还有大量藏文、梵文、回鹘文的卷子和残片。此外，有古代木制回鹘文活字5个。

在1963年进行的莫高窟加固工程中还发现了一些文物，在南区第130窟北侧岩壁沙层中，以及130窟

● 莫高窟第 427 窟，带有宋代题记的木构窟檐，隋

壁画加固时在"南大像"南侧岩壁小孔中发现的丝织物，如唐代幡帧和太和年间东阳王供奉的彩色刺绣，以及唐代佛像"雕版佛像"等。有汉代玉门关出土的"敦煌长史"泥封印和有年代题记的汉简，这是曾经任过酒泉统领的周统领1946年作价让给研究所的。还有中央文化部文物局从海外收购的《景云二年右骁骑尉张君义等二百六十三人加勋敕文》，1963年经王冶秋局长同意从文物局调给研究所。另外，敦煌莫高窟上寺易昌恕老喇嘛收藏的藏经洞出土的一幅唐代白描菩萨绢画（画上并附有于右任的题字），也捐献给研究所。常书鸿还把自己在敦煌县城的保长处以35元白洋购买的唐人李翰写的《蒙求》捐给研究所，这是一本国内仅有的蝴蝶装文书。1950年，敦煌艺术研究所由西北军政委员会接管，1951年元旦起归属中央文化部社会文化事业管理局管理，更名为敦煌文物研究所。自此以后，社会文化事业管理局每年固定给研究所拨保护维修费，有计划地逐年进行一

般的零星修缮。除此之外，常书鸿还根据洞窟残损情况进行专项抢修工程，并逐年积累资料，为永久性加固工程做准备。

1953 年，常书鸿等人在清理洞窟时，发现第 53 窟内北壁五代风格壁画下部漫漶，并出现裂痕。这个洞窟在岩壁的下层，距现今地面四五米以下；当然，在唐、五代建造时位置并不低，由于河床淤积，致使河床路面增高，使这个洞处在了地面以下。窟内阴湿，在北壁东侧裂痕下有土坯堵塞的痕迹。他们取下一块土坯进行试探，发现里面有一个密室。常书鸿即召集全所业务人员一起，希望发现一个藏满写经文物的密室。因为第 53 窟小密室的位置、情况都与 1900 年发现大量文物的第 16 窟北壁的第 17 窟藏经洞一样，窟口用土坯砌起，上涂泥作画。大家心情都十分激动。打开看时，里面是一个大约两米见方的小洞窟，东西壁各有板架两层，板架上还留有唐人写经碎片及粗陶制的调色碟子两只。地面上扣了一口大锅，锅内并无什物。西壁北边墙壁上用焦墨直书"广顺叁年藏内记" 7 个字，笔画遒劲有力，类似石窟出土五代人写经卷文书体式。从洞窟布置情况看，此窟似为当时的库房或藏经洞。

这个洞窟被编号为第 469 窟，处在第 53 窟内北壁的位置，和第 17 窟藏经洞在第 16 窟甬道北壁的位置相同。它们都在距窟内地面二尺许的地方。第 16 窟和第 53 窟都是在晚唐、五代时修建的，可能当时修藏经洞已成为风气。广顺三年（953）是五代后周太祖年号，这个年号既是第 469 窟的修建时代，也是第 53 窟的修建时代。莫高窟石窟群有五代纪年的洞窟还有：第468窟，后梁开平元年（907）；第84窟，后梁贞明五年（919）；第401窟，后梁龙德二年（922）；第387窟，后唐清泰元年（934）；第412窟，后晋天福年间（936—944）；第123、124、125三窟，后周广顺三年（953）。这是他们从第469窟题记和壁画内容等排比推测出来的结果。以此作为尺度进行类推，从北魏、西魏、隋唐、五代、宋等各时代洞窟近似的内在联系来确定莫高窟492个洞窟的年代。因此，一个有绝对年代题记的发现，为常书鸿他们研究石窟纪年历史提供了十分重要的旁记资料。

兰新铁路开通后，铁道部经常有人来莫高窟参观。借此机会，常书鸿向有关专家和领导提出，帮助莫高窟进一步勘察地质情况，以利加固洞窟和进一步弄清地下埋藏情况。

1958年，铁道部设计院勘测队无偿对莫高窟从南到北进行了底层的电测和地形测量。莫高窟的测绘工作是在1944年至1945年由测绘师陈延儒做的，他绘制了洞窟外貌全图以及全部洞窟的平面剖面测绘图。也是在1958年，铁道部设计院帮助他们做了石窟立面平面详细的测量图，探查了这个密如蜂房、久经沧桑的古老石窟及其岩层情况，以及风化沉降而产生的水平和垂直裂缝的险象的观测，找出了石窟群存在的病害。

为了进一步推进保护工作，常书鸿在1962年年初向文化部写了一个关于如何加强保护石窟群的报告，提出进一步保护壁画、彩塑，防止石窟岩层上鸣沙山向前移动危及石窟的问题，并对石窟岩壁坍塌，在密布如蜂房般的岩壁上存在纵向裂缝、横向裂缝以及平面裂缝等危及石窟寿命的问题，做了详细报告。

常书鸿的这个报告受到中央重视。当年8月间，文化部派了由徐平羽副部长为首的工作组，包括治沙、地质、古代建筑、考古、美术以及出版社、电影制片厂、铁道部设计院等各方面专家十余人组成的敦煌工作组来莫高窟进行现场考察。工作组于8月29日到所后即开始工作，在进行洞窟考察的同时，听取汇报和分组讨论研究。工作组现场工作进行了15天，解决了机械固沙的问题，对残破塑像、壁画修补复原进行了试验研究，对第130窟修补壁画的工作进行了检查，提出了关于抢修石窟群地质危险部分的处理和出版有关莫高窟全集及研究资料的建议，拟出了大型彩色纪录片的编写提纲。专家们在莫高窟工作期间，研究所组织了研讨活动，请专家们做了《石窟艺术的特点和价值》《壁画和彩塑的保护问题》《关于莫高窟治沙问题》《敦煌莫高窟地质情况及全面抢修工程》等专题报告。中央工作组的工作，不但解决了石窟艺术保护和抢修加固工程的实际问题，也推动了石窟艺术的理论研究，对莫高窟的工作起到帮助和促进作用。修复破损洞窟需要大量资金，当时国家经济困难，只能先抢修最危险的部分，然后一步步推进。

按照原计划，第一期工程用款为5万元，但实际上完成需要15万元，因此常书鸿打报告报了15万元。对这么一笔巨款的申报，中央工作组回到北京在国务会议上汇报以后，立即得到周恩来总理的同意并批准拨专款进行全面维修。莫高窟工程不是一般的民建工程，有隧道、有支撑，还有地基、墙体等复杂结构，因此，中央决定由铁道部承担莫高窟全面抢修加固工程的设计和施工任务。从1963年开春起，铁道部为了搞好这一工作，在系统内从全国各地调请了100多位富有实践经验的桥梁、隧道工程的工人和专家、工程师等，就如何对这一古代艺术宝库进行全面的抢修，从而达到加固岩壁、保证石窟安全，同时还要照顾建筑艺术的形式与石窟的和谐问题共同商讨。早在1952年，中央文化部就曾制订全面加固莫高窟石窟群工程的计划。当时古建专家认为，这一民族艺术宝库经过魏、隋、唐、五代、宋、元数年不断修建，各具不同时代的风格，应当保持各种不同的风格；也有人主张全部做唐代窟檐，也有人主张用一个巨型大建筑将莫高窟整个笼罩。专家们议论纷纷，莫衷一是，最后，全面维修石窟的工作还是被搁置下来了。

现在既属全面抢修工程，以加固为主。经过反复讨论，决定莫高窟加固工程的艺术形式原则，既排除单纯强调复古的建筑形式，又纠正了片面要求工程质量而忽略了艺术形式和文物保护宗旨的做法，要求"在保证石窟的安全条件下，适当照顾艺术形式，尽可能保存洞窟原来面貌，最好能做到尽量隐蔽，使之达到'有若无'的程度"。由铁道部第一设计院勘察设计提出施工方案，铁道部第一工程局进行施工，用钢筋混凝土、预制大梁，浇铸悬臂梁和花岗岩石块大面积砌体，采用支顶和推挡的办法。

工程自1963年开始采用分段分期施工，至1966

年共计进行三期，范围包括石窟群的南北两区，侧重在南区。共计4040米的长廊中，加固195个石窟，制作7000多平方米的挡墙砌体和梁柱，对363米的岩壁做了彻底加固。

这是一次史无前例的莫高窟全面加固工程，耗资99万元。不但对洞窟本身结构起到经久的加固作用，同时，按照需要在有些地方加长甬道，更新风化了的岩壁，彻底解决了石窟艺术经常遭受风沙、雨雪和日照危害的问题，并安全牢固地解决了400多个洞窟上、下三四层之间的往来通道。修筑的钢筋混凝土和花岗岩砌体，扎扎实实地代替了唐代文献上记载着的"虚栏"。

后来，当常书鸿在新修的栈道上巡视观览时，经常不由自主地回忆起新中国成立前，初到莫高窟最高层第196窟的情景。因为那时没有通道可上，只好架设"蜈蚣梯"上去，从山顶悬绳捆住腰，吊在距地面30多米的高空中，从山顶上双脚悬空往下溜。后来他们在没有钱、没有人力的情况下，自己捡拾窟前的树枝，一筐筐沙土，一块块土坯，拼拼凑凑修建了简易的栈道、土墙，进洞子是连爬带跳，一脚高一脚低地从危栏断桥上匍匐前进。每每想到这些辛酸过往，他就不由得热泪盈眶……

劫难中的坚守

"千古流芳？你们这班臭黑帮的下场就是遗臭万年！"随着厉声呵斥，一个大大的黑叉打在了那张奖状上。

1966年夏，被批斗了七天七夜的常书鸿对这一切已经麻木。在麻木的状态中，肉体的痛苦，都已经置之度外。

常书鸿的脊椎被打伤，无法站立。劳动时，他只能用两块老羊皮包住膝盖，两手撑地，跪着爬行。常书鸿的任务是喂猪，猪养在伙房后院里，他每天爬去，跪着把猪食切碎拌匀煮熟，打到盆里，端下锅台，再端起往前放一步，爬到跟前，端起再往前放一步，再爬到跟前，这样一端一爬、一端一爬，到猪跟前，倒给猪，再往回爬，端第二盆。为了喂好猪，常书鸿一天到晚，不停地来回爬。院里堆着煤，以致他身上乌黑，天长日久，常书鸿乌黑的形象，成了伙房后院景观的一部分。这些常书鸿似乎都不在乎，他豁达地说，晚上喂猪的时候，想起了李白的诗句："跪进雕胡饭，月光明素盘。"

"文革"在儿子常嘉煌的人生中，留下了难以抹去的印象。他记得，那是1966年6月，造反派在敦煌开始揪斗和抄家了。造反派切断了在兰州的常书鸿和在敦煌的妻子之间的通话，那天晚上，常书鸿彻夜未眠。第二天，正是常嘉煌出发去西安报考西安美院附中的日子。清晨，常书鸿满眼通红，对他说："嘉煌，你长大了，应该一个人去闯天下了。"

浪潮终于也波及了常嘉煌，因为他是"黑帮"的儿子，同学指责他，说他的名字有敦煌的"煌"，而那时敦煌已经成为"麻醉人民的宗教鸦片"的代名词。当他向常书鸿说打算改名时，常书鸿很沉重地说："你改名字，改不了你的命运。"

在那个时代，敦煌这个名词已经成为常书鸿一家痛苦和悲伤的根源。1968年，当常嘉煌和姐姐到敦煌给常书鸿送背心的时候，遭到了造反派强行搜查和软禁，他们逼着常嘉煌和姐姐，每天到父母居住的小屋，当面斗争父母、写承认"黑帮"的罪行并做深刻反省。

有一次，常书鸿趁造反派不在时对常嘉煌说："你看过但丁的《神曲》吗？敦煌就是天堂和地狱。"

还是在"文革"中，常嘉煌去敦煌看望他们。一天深夜，父亲悄悄给他一件东西，那是用塑料纸层层叠叠包了十几层的一个很旧的照相机。常书鸿说："家里的所有东西都抄走了，这件东西因为看似不值钱被造反派丢到垃圾堆里。这是我刚到敦煌时使用的，虽然看它旧，但是很多壁画的照片都是用它拍的。现在我不能教你画画了，因为绘画的笔触会被拼出反动标语，但是照片不会有这样的罪名。"

不久，常嘉煌把拍好的照片寄给父亲。常书鸿非常高兴，鼓励他说："摄影也是一种艺术，希望你能成为一个艺术家。"这是常嘉煌第一次从牛棚劳动的父亲的嘴里听到"艺术家"三个字，看得出他还是寄希望于孩子们。

终于，常书鸿被迫离开敦煌。车子出了山门，常书鸿沉默了很久。透过打碎了又用橡皮胶布粘起来的眼镜，望着无边的大漠，常书鸿思绪万千。他来的时候，还没这条路。他是从老君庙那边，骑骆驼进来的，在第三个洞窟前面下去。那时候，要什么没什么，难得很，但是看到那些壁画、彩塑、经卷，又高兴得很。常书鸿在杂乱肮脏的大院里、煤堆、炉渣、泔水缸之间一天到晚曲折爬行，也憋得够了。能够出去，到辽阔的原野上，呼吸呼吸新鲜空气，大声地说说话，也是求之不得。

"文革"后期，在周恩来总理的关心下，常书鸿夫妇恢复党籍，恢复工作，恢复名誉，补发工资，住院疗伤，客居兰州。

常书鸿自始至终觉得，在所有不堪的日子里，甚至是腰椎严重挫伤、一度无法站立的日子里，他总能听见敦煌的召唤。每到此时，他便总是微微闭起眼睛：

闭上眼，就没了人世的纷杂，轻歌曼舞又婀娜多姿的飞天，她们或拈花散花，或反弹琵琶，那摇曳奇美的舞姿，在无形中便拂去了常书鸿所有的苦难和沉重……

"常公大名，宇宙永垂！"

有沙门乐僔，戒行清虚，执心恬静。尝杖锡林野，行至此山，忽见金光，状有千佛，遂架空凿岩（此五字原缺），造窟一龛。次有法良禅师，从东届此，又于尊师窟侧，重即营建。伽蓝之起，滥觞于二僧……

此山，即三危山，由乐僔发愿始建并由后继者相继构建佛窟的这片地域，就是敦煌……

晚年，一个人的时候，常书鸿会默念莫高窟第323窟唐代《重修莫高窟佛龛碑》上的文字。每当这个时候，他的思绪就会回到莫高窟，回到光线幽暗的洞窟。

那是《河西节度使张议潮统军出行图》，他临摹的时候，壁画上的金箔，早已被人刮走。还有一团又一团的

●莫高窟第156窟《河西节度使张议潮统军出行图》(局部)。第156窟亦名张议潮窟,是唐咸通六年至八年(865—867),沙州刺史张淮深为其叔父河西十一州节度使张议潮所造的功德窟。覆斗顶形窟,晚唐代表窟之一。洞窟设有前室、甬道和主室。前室为横长方形,惜前部塌毁。前室北壁左上角处有"咸通六年正月十五日"的墨书题记《莫高窟记》,是研究莫高窟开凿史的宝贵资料

炭色,那是过去的人生火做饭留下的印痕。常书鸿裹着羊皮袄,始终保持着躬身俯视的姿态,眯起眼睛临摹了这幅壁画。

莫高窟珍存北凉至元各朝代绘制的壁画4.5万多平方米,为世界之最。对如此庞大的壁画群一一临摹,工作量之大可想而知。任务很重,生活很苦。蔬菜奇缺,不见荤腥,日日只有咸水面条,却要日复一日临摹。没有梯子,他就用绳子将自己吊入洞内,悬在半空中一点点描摹。没有照明,就在窑洞口装一面镜子,反射阳光给洞内照明。临摹穹顶的壁画,头和身体甚至要折成直角。太阳落山后,点油灯,照一下,看一眼,画一笔。

临摹壁画,系统整理画作,编纂文献,种树治沙

筹集经费，对付土匪和军阀的勒索，动员人们做功德、捐献窟门……女儿常沙娜曾问父亲："这么苦是为了什么？"

常书鸿泰然作答："为的是保护好这些在荒烟无际戈壁滩上沉睡了千余年的瑰宝，不让伯希和之辈在莫高窟肆意掠夺的悲剧重演。"

面对莫高窟满洞的艺术宝藏，常书鸿还有一个更大的愿望：把敦煌介绍给全世界！

新中国成立后，莫高窟全面的抢救性修复保护工作正式展开。常书鸿还先后赴印度、缅甸、日本等国办展，向世界展示敦煌艺术之美。

1957年，常书鸿首次前往日本办展，吸引了10万多人参观，创造了日本购票参观艺术展览会的最高纪录。

"你们看看这些飞天、夜叉、天神、梵女等，还有这些，看，看看这些壁画吧！"常书鸿为客人动情地讲着，"你们再看看这块榜书题记，笔力如此遒劲！写在纸上的，我们常形容它是力透纸背……"

"敦煌让我们感动的东西可真是不计其数、无法形容。来，你们再看看这整个石窟建筑的结构布局，真正是风驰电掣、气韵生动！整个石窟建筑的结构布局，都遵循了我们的民族传统。太难得了！"

恍惚间，常书鸿似乎又回到了敦煌。在异国的夜晚，他想起了多年前的那个夏天。当时，一帮学生来到敦煌，他带着大家一个洞窟一个洞窟地看，一座一座地讲。

讲了30多个北魏洞窟，常书鸿老生常谈，又将他发现的壁画中运用的"散点透视法"，讲了一遍。他讲这些

画面上表现的山山水水、建筑、人物,是怎样巧妙地引导人们的视线从下到上、由近而远、由大至小地经过"落花流水""浮云幻城"以及近水远山,最后远远地消失在蓝天白云之中……

来到编号为254的石窟时,常书鸿的神情更为激动。"你们再看这座洞窟!我认为这座洞窟,这幅名为《萨埵太子舍身饲虎图》的壁画,是最动人的。我们先抛开这幅大型壁画的连续性、完整性和艺术性不言,就是这个萨埵太子舍身饲虎的故事,对我们每个有志从事敦煌艺术的人而言,都是一则最最重要的人生经典,是一个使我们每个敦煌艺术的研究者都可以引为宝鉴的人生座右铭!我到这里已经快半年了,到这个洞窟来的次数最多,因为我总觉得,它给我的不仅仅是艺术的陶醉,而是人

● 今天的莫高窟北区

生的启迪！这个故事，画面一望而知，萨埵太子一行出去狩猎，为了拯救已濒绝境的饿虎，他跳下了悬崖……故事很简单，但它揭示的人生哲理却是那样深刻！它使你沉思，使你默想起许多人生的意义，它以严酷而又惨烈的事实告诉你，什么叫牺牲！义无反顾的牺牲！……"常书鸿眼神飘得很远很远，神魂都已沉浸在《萨埵太子舍身饲虎图》中。

一座一座地讲，一个洞窟一个洞窟地看，大家看得如醉如痴，听得如痴如醉。

"喏，我们的全部家当都在这里了。我们都有分工，但我知道，大家最急着想做、我也希望大家都动手做的，就是这件事：临摹。不临摹，我们大家来敦煌干什么？！我们要保护莫高窟，研究莫高窟，第一件要做的事就是

● 莫高窟第254窟,《萨埵太子舍身饲虎图》(局部)。萨埵太子舍身饲虎本生故事,是莫高窟早期壁画的重要题材,讲的是萨埵太子一日到山中打猎,遇见一只母虎带着七只小虎,即将饥渴而死。萨埵太子将两位兄长支走,卧在母虎前。无奈母虎饿得奄奄一息,无力吃下他。萨埵太子又爬上山岗,用利木刺破身体,跳下山崖,让母虎啖血恢复气力后,再与小虎们一起食尽自己。国王和王后赶到山中,悲痛万分,收拾萨埵遗骨供于塔中

临摹,可以说'悠悠万事,唯此为大'。可是,如果我们大家都动手临摹,这点家当,不够大家用三天。即使以后有了后援,也是杯水车薪,远水不解近渴。所以我希望大家明白我们的家底后,自己设法动手。纸就用这儿老百姓糊窗户的皮纸。皮纸这里常年有卖,且价钱便宜,敦煌县城就有。笔呢,我提醒大家也尽量省着用,坏了,画秃了,自己修理。至于颜料嘛,嗯,你们跟我来……"

突然,跳动的记忆中断,那是1994年6月23日,常书鸿在北京协和医院安详地闭上了双目。

8月9日,一架波音737客机,从北京西郊机场升空。这架载着常书鸿部分骨灰和衣冠遗物的飞机,将飞往千里之外的敦煌。

因为保护、研究并推广敦煌艺术,常书鸿被誉为"敦

煌守护神"、中国的"人间国宝"。

陈寅恪曾说:"敦煌者,吾国学术之伤心史也。但能够得遇常书鸿这样的守护人,却不能不说是敦煌之大幸、中国艺术之大幸。"

季羡林评价常书鸿说:"筚路蓝缕,居功至伟,常公大名,宇宙永垂!"

故宫博物院院长王旭东说:"常书鸿先生他们来时,那个困难我们今天是无法想象的。到了1945年抗战结束,跟常书鸿来敦煌的艺术家全部'知难而退',就留下常书鸿一位'孤家寡人'。"

敦煌研究院党委书记赵声良说:"常书鸿先生是敦煌研究院的开创者,正因为常书鸿的开创,我们一代一代的敦煌人、一代一代的莫高窟人坚守在敦煌。"

或许,在弥留之际,常书鸿还想起了巴黎,想起塞纳河畔的旧书摊,想起那本《敦煌石窟图录》,甚至想起别人问他的话:

"如果来生再到人世,你将选择什么职业?"

常书鸿会再次回答:"我不是佛教徒,不相信'转世';但如果真的再一次重新来到这个世界,我将还是'常书鸿',去完成敦煌那些尚未完成的工作。"

段文杰 敦煌艺术导师

整整蹉跎了两年，他迫不及待地钻进每一个洞窟，希望洞察壁画的千年秘密。

那迷人的线条，那惊人的色彩，那让他风尘仆仆、不远千里而来的美，在眼前慢慢铺开。

岁月薄情，90岁以后，往事如千年壁画，色彩褪去。

日渐斑驳的记忆，让他连老朋友也无法认出。时间收割着记忆，却永远抹不掉心底的归处。就在弥留之际，他还清晰地呼唤着"敦煌，敦煌——"

他，就是敦煌研究院第二任院长段文杰。

"一头饿牛"闯进了菜园子

1944年，山城重庆。

"恰同学少年，风华正茂"的段文杰，参观了张大千的画展。展览是在上清寺的中央图书馆举办的，叫"张大千临抚敦煌壁画

●张大千绘南无观世音菩萨像轴,绢本,现藏于四川博物院(四川博物院供图)。此为张大千临摹莫高窟第401窟北壁东侧供养菩萨像。图中菩萨身材修长,腰肢微作"S"形;戴璎珞耳环,肩饰巾带;风吹仙袂,仿佛可以听到佩环叮当之声。陈寅恪评价张大千"临摹北朝唐五代之壁画……虽为临摹之本,兼有创造之功"

展览"。驻足在那些陌生笔法的画作前,令学习西方美术的段文杰无比惊叹。他从未见过这样的艺术手法,那些奇妙的色彩与线条,有着骇世的神韵;那些满目悲悯的神佛,和光同尘、明心见性。时间似乎都已停滞。

那时候,他不知道,命运将就此改变。

其实,对于敦煌,段文杰知之甚少。虽说早在1942年,他就看到了西北文物考察团的王子云等画家在重庆举办的"敦煌艺术及西北风俗写生画展"。然而,彼时他只是一个刚刚在国立艺术专科学校入学不到两年的学生。段文杰在各种传闻中得知,敦煌是甘肃的一个县,西接新疆、北临蒙古、南连青海、东通河西。那里地处荒漠,气候干燥,人迹罕至。

● 张大千临摹晚唐伎乐菩萨图轴,绢本,现藏于四川博物院(四川博物院供图)

他还听闻,1900年守窟的道士王圆箓,发现了一批古代的经卷,后来大部分被外国人盗走。现在中国学者奔走相告,呼吁保护敦煌。

"毕业后,我打算去敦煌看看。"段文杰把自己的想法告诉了他的老师们,大家都大为赞成,去敦煌的计划就这样定了。

1945年7月,从国立艺术专科学校毕业的段文杰,从沙坪坝离开重庆,行走两天,到达家乡绵阳。在城里吃午饭的时候,段文杰遇到了一个货车司机。这是个口音浓郁的山东人,他告诉段文杰,自己马上就要出发去剑阁。如果段文杰真想去敦煌的话,可以捎他一程,到

● 段文杰等初到莫高窟

剑阁后，段文杰可以继续想办法转车北上。

段文杰有些犹豫，他本打算先回家，和亲人团聚，再找机会去敦煌。时间紧迫，段文杰只能满怀愧疚，和家中年轻的妻子、年幼的儿子不辞而别了。

次日，段文杰换乘了一辆客车。路过阳平关时，汽车冲出了公路，翻了个底朝天，所幸没受伤。当时，没有直达敦煌的汽车，段文杰一路走，一路停，途经四川广元，甘肃徽县、天水等地，才辗转到了兰州。

抵达兰州后，还没来得及欢庆抗战胜利，段文杰就得知了一个坏消息，听说国立敦煌艺术研究所被取消了。晴天霹雳，顿觉梦碎。但段文杰不相信这是真的。可不久之后，陆续从敦煌返回来的人们证实了这个传闻。又过了一段时间，段文杰见到了国立敦煌艺术研究所所长常书鸿。常书鸿行色匆匆，他说要去重庆，到教育部斡旋，尽量想办法把研究所办下去。

段文杰把所有人都送走了，包括与他结伴而来的三个同学，他们都对恢复研究所不抱太大希望，何况抗战已经结束，百废待兴。他们决定南下投身教育。

只有段文杰固执地留在了兰州。他遥望着敦煌，却没有任何关于敦煌的消息。在兰州的一年间，段文杰靠做文书维持生计，有时帮人画些宣传画，每天下班，和十几个人挤在一个房间里，还要自己到黄河边挑水喝。

功夫不负有心人。一年后，他等到了折返而来的常书鸿。一辆破旧的卡车载着他们，开启了1200多公里的颠簸。

卡车很破旧，坐在上面很不舒服，但有一个好处，因为汽车没有棚盖，可以东张西望。段文杰看到，河西走廊多是高山，大漠戈壁、荒滩，山峰大多是光秃秃的，树木很少，与他家乡四川的绿水青山迥异。车在酒泉抛了锚，临近天黑也没修好。他只好将行李搬下来，在戈壁荒滩上打地铺。半夜，段文杰被冷风吹醒，思绪颇多，忽想起汉代张骞、唐代玄奘。人的确很奇怪，有时候明知道前面要遭受磨难，却偏要这么去做，是信念成就了人不怕困难的精神，还是冥冥中总有什么在前路指引？段文杰不得而知。

风沙越来越紧，敦煌越来越近。敦煌到了！

段文杰穿过一片银白杨、钻天杨和榆树，来到崖畔的洞窟前。

段文杰步入九层楼大殿，一座高达数十米的唐代佛像，造型极其雄伟。两边的洞窟中，是壁画和彩塑。他一口气看了几十个洞窟，"我从没有在哪个地方，看见过这么多的古代壁画珍品。我被这些绚烂精美的作品深深打动了。我已经忘记了一切，陶醉在这壁画的海洋之中！"

"古代中华民族的智慧和魄力，在这里得到集中体现。"段文杰被深深震撼，这千年的积累，这杰出的创造，整整横跨北凉、北魏、西魏、北周、隋代、唐代、五代、宋代、西夏、元代多个历史时期。

"我真像一头饿牛闯进了菜园子，精神上饱餐了一顿。"段文杰这么形容自己和敦煌的相遇。整整蹉跎了两年，他迫不及待地钻进每一个洞窟，希望洞察壁画的千年秘密。那迷人的线条，那惊人的色彩，那让他风尘仆仆、不远千里而来的美，在眼前慢慢铺开。接连几天，

● 莫高窟第3窟北壁千手千眼观音，元。第3窟是小型殿堂窟，窟内绘制了许多观音菩萨像。在元代人物绘画史上占有重要位置。画中所绘千手千眼观音用色简淡，以墨线为主，并运用游丝描、铁线描等画法。用千手千眼来表现观音形象，意在说明观音具有无所不至的巨大神力

段文杰都在洞窟中度过,有时甚至忘记了吃饭。

由于年代久远,段文杰眼前的洞窟,遭受到了风吹沙打、日晒雨淋等自然损坏,加上烟熏火燎、笔画刀刻、切剥黏接等人为因素的破坏,有的彩塑已缺胳膊少腿,有的壁画泥皮脱落残缺不全,有的壁画则因触摸碰撞模糊不清。看着无上瑰宝的累累伤痕,段文杰无比痛心。

好在,这些破坏不致命,毕竟大部分壁画,特别是一些非常重要的作品,还基本保存完好,艺术魅力还是那么气势磅礴。甚至，有些壁画年久色变，反倒增添了一种特殊的风韵和艺术效果。

"外部破败的洞窟里，竟保存了如此众多的民族艺术杰作，而且传承到现在，真是一个伟大的奇迹！"段文杰不禁心潮起伏，浮想联翩，这样巨大的民族艺术宝库能保存至今，实为不易。不能再让它支离破碎了，不能再让它损毁失散了。再也不能发生伯希和、斯坦因掠走藏经洞文物，华尔纳黏窃壁画的事情了。

同时，段文杰对简单将敦煌壁画贬为一般的工匠画的说法，也有了更深刻的认识。"这种对敦煌壁画的论调，反过来只能说明他们是真正的浅薄和庸俗。因为敦煌壁画不论从规模和技术技巧来看，都足以代表中国古代壁画的最高境界，这不是平庸的画家所能完成的。"段文杰底气十足。

敦煌壁画历经多个时代，每个时代的艺术手法和风格各不相同。当段文杰身临其境，观看了洞窟壁画原作之后，最深的感受是，张大千他们在敦煌还是太短暂了，太匆忙了。不信你看，重庆展览上的有些作品，不就只画了个大概吗？而且，临摹者还以自己的意愿，对壁画的某些造型做出了修改。

"当然，前面的画家怎么临摹，并没有人给定出一个标准和要求。因为当时还没有一个国家机构来管理和规范到敦煌访问者的行为。"段文杰曾说，这些画家凭着热情来考察工作，已属难能可贵。

后来，段文杰又约了几位同事，去了榆林窟和敦煌西千佛洞。

●榆林窟,又名万佛峡,是中国佛教石窟艺术的重要宝窟之一,位于瓜州县城南约70公里处榆林河谷两侧的砾石崖壁

榆林窟,位于敦煌西南近200公里外的茫茫戈壁深处。经过长途跋涉,段文杰走到了旷野中的一条深谷中,只见榆林河穿谷而过,河面不宽,但水流湍急,岸边长着不多的几棵榆树、杨树和沙枣树。

两岸峭壁上开凿了一些洞窟,数量不多,有40余个。西岸洞窟中,除了少数几座塑像外,壁画保存不多。河东岸的洞窟中,保存了较多的壁画和雕塑。这些壁画,场面宏大,构图饱满完整,人物众多,线条精湛,形象生动。

西千佛洞坐落在敦煌县城西南的一段河谷中,河岸北侧的沙石峭壁上,十余个洞窟中也保存了一些优秀的古代壁画。作品非常精妙,且保存完好。

段文杰踏沙而行,攀登到大泉河畔的沙山顶上,只觉得和风习习,沙岭晴鸣,顿生感慨。为什么敦煌会出现这么多的佛教遗址和石窟文物?翻阅资料,他才知道,原来早在汉代,敦煌就生活着从长江流域和黄河流域迁

来的移民。从祁连山发源的党河和疏勒河，滋养了这片戈壁大漠。先民们靠着祁连山雪水，开拓和培育了一块块大小不等的绿洲，休养生息。而敦煌，就是其中最繁荣的一处。《史记》载，商周时期中国文化就已经传播到大月氏地区。汉武帝派张骞为使，联络西域各国共击匈奴侵扰，以图汉朝通往西域的交通畅达，与西域各国经济文化交流顺利发展，由此，南北朝时期佛教信仰不断推动，隋、唐时期佛教文化进一步发展，加之五代、宋、西夏、元的持续创造，终于形成了一个庞大的石窟艺术博览馆。

"当我身临其境面壁观赏敦煌壁画和彩塑之后，感到原来打算搞个一年半载的想法太短了。对于这样一座巨大的艺术宝库，面对如此众多的艺术精品，不花个几年十几年的时间来临摹和研究，是理解不透的。"段文杰在回忆录中写道。他下定决心，要在敦煌对这些伟大的民族艺术，进行一番由表及里的深入研究。

一画入眼中，万事离心头

1946年，常书鸿让段文杰担任考古组代组长，负责临摹和石窟编号、内容调查、石窟测量等工作。

千年石窟，壁画残破，再也经不起惊扰。段文杰郑重地立下新规："我们是敦煌艺术研究所，临摹工作是有标准和计划的，同时，在工作中要注意保护洞窟内的古代壁画和彩塑，不能损坏文物。前面来临摹的画家，好的经验我们要学，但有些有损于壁画原作的临摹方法，我们必须改变。"他进一步举例，比如，用透明纸蒙在洞窟原作上进行临摹的所谓"印稿法"，人的手和笔隔着一层薄薄的纸，在壁画原作上按来按去、划来划去，必然对壁画造成伤害。这种印稿法绝对不能再使用，只能用写生的办法进行临摹。在挪动梯子、板凳等用具时，一定要小心谨慎，不能碰在洞壁上，以免损坏壁画。在洗笔蘸色等过程中，绝不能把颜色甩到墙面上。临摹作品一定要注意忠于原作，不能用现代人的造型观点和审美观念去随意改动古代壁画上的原貌。

段文杰说完，大家一致表示同意。然后，几位画家分别进入自己选好的洞窟，开始临摹工作。段文杰也带好笔墨纸砚，带上颜料和水瓶，提着凳子、画板进入洞窟，开始临摹。

莫高窟的洞窟，基本都是向东的，上午阳光照射，崖面有些小一点、浅一点的洞窟，光线比较好，临摹起来方便。那些大洞窟高而深，洞口小，里面光线昏暗。段文杰想出了一个"借光法"，用镜子将洞外的阳光反射到窟内的白纸板上，这样整个洞窟就亮起来了。不过这个方法比较麻烦的一点是，要随太阳的脚步不停移动镜子，以保证阳光的折射角度。而有些无法采用借光法的洞窟，就只有秉烛作画了。

临摹是个苦活，高处看不清，段文杰就架起人字梯，爬上去看，再下来画，有时为了画好一个局部，要这样上下折腾许多次。画低处的壁画，段文杰就在地上铺毡子，卧爬作画。段文杰曾说："在莫高窟工作，不仅要有脑力，还要有体力。"

其实，最初的临摹并不成功。段文杰在国立艺术专科学校经过5年的绘画训练，基本画功是没有问题的，面壁写生并不难，但是起初临摹的几张，他总是不太满意：气韵不足，缺少神采。

为此，段文杰需要和过去的自己"诀别"。他开始摒弃娴熟的西方油画技巧，认真研究起不同时期壁画的构图和颜料，苦练线描和晕染。同样的线描，在段文杰笔下，有的如行云流水，有的可曲铁盘丝。面壁临摹要求观察能力强，手上功夫过硬，才能画得准。为了画准，就得反复观察。上下比较、左右对应、反复推敲，才能把一张稿子画好，然后"拷贝"到宣纸上，再面对原作上色和勾勒。

段文杰也开始读佛经，研究壁画里独特的构图形式。为了临摹《净土变》中的舞乐图，段文杰找来《净土经》研读；为了临摹《维摩诘经变》，段文杰研读了《维摩诘所说经》。每一幅临摹壁画中，奏的什么乐器、跳的什么舞，段文杰都胸中有数。他再通过分析比较从北凉到元代的壁画，渐渐发现了隐藏在壁画中的秘密。早期壁画变色严重，"色调清冷厚重，风格朴拙狂怪"；隋唐壁画大半变色，"浓艳华丽，古色古香"；晚期壁画，"温和、深厚而粗疏"。

日复一日，段文杰拎着水瓶钻进洞窟，整日整日地临摹壁画，揣摩着1000年前作画者的心境与感动。

段文杰临摹的《都督夫人礼佛图》，因岁月沉沉、原图损毁严重，壁画人物形象模糊、服饰难辨，临摹极有难度。他通读史书，查阅上百种有关古代服饰的文献，

● 1959年，段文杰在莫高窟第130窟临摹《都督夫人礼佛图》。壁画位于第130窟甬道南壁

摘录了几千张卡片，历时4个月创作出的此画，得以完美展现人世间。

"大代大魏大统四年岁次戊午八月中旬造""大代大魏大统五年五月二十一日造讫"，笔墨力透时间，在昏暗的洞窟中，段文杰描摹着1400多年前的故事。这是第285窟，也是敦煌石窟中最早有确切开凿年代的洞窟。吸引段文杰的，不仅是第285窟的古老。在这座洞窟中，各种信仰济济一堂，西域的菩萨与中原的菩萨、佛教的飞天与道教的飞仙、印度的诸天与中国的神怪，众神的相遇在壁画上永久地定格。

第285窟主室为覆斗顶形窟，平面为方形。窟顶中心方井画华盖式藻井。四披绘中国传统神话诸神与佛教

● 《都督夫人礼佛图》，段文杰复原临摹本。图中真实地表现了都督夫人王氏及其眷属的形象，描摹出了盛唐时期贵族妇女华丽雍容的气度与闲适的神情，是研究唐代妇女及服饰的重要资料

● 莫高窟第407窟藻井《三兔莲花》，段文杰临摹本

护法神形象，有摩尼宝珠、力士、飞天、雷公、乌获畏兽、伏羲、女娲等。四披下部一周绘有36身禅僧于山间、草庐中坐禅。山林间绘有各种野兽及捕猎场景。西壁中央凿一圆券形大龛，两侧各有一小龛。主龛内为倚坐说法佛，小龛内各一身戴风帽禅僧塑像。龛外壁面上部画诸天外道形象，有日天、月天、诸星辰、摩醯首罗天、毗瑟纽天、鸠摩罗天、毗那夜迦天及供养菩萨等，下部画四天王、婆薮仙等，最下部龛沿画忍冬纹边饰。南壁分上、中、下三段：上段通壁绘11身持乐器的伎乐飞天；中段通壁绘《五百强盗成佛图》，末尾处绘释迦、多宝"二佛并坐"；下段开四个小禅室，禅室间壁面自东向西绘有《化跋提长者姊缘》《度恶牛缘》《沙弥守戒自杀缘》和《婆罗门施身闻偈》故事画。

丝绸之路上，敦煌是文化的荟萃地，也是信仰的交会场。第285窟正是其间绝佳的代表。1925年，美国人华尔纳再次携带了大量的胶纸，重返敦煌，他的目标之一就是要全面剥取第285窟的壁画。然而，他派出的考察团从进入甘肃后就开始遇阻。在甘肃泾川县象山，愤怒的村民们把这些盗取佛像的考察者团团围住。他们原以为会再度满载而归的旅程，除了购得一件敦煌写本《大般若经》，最终几乎一无所获。

华尔纳离开后，这座幸免于难的洞窟，等来了常书鸿——他临摹了《五百强盗成佛图》中的局部；然后是段文杰。1951年，常书鸿建议复制一批洞窟，而在段文杰看来，第285窟无论是历史、内容还是画风，都是最佳的选择。他和他的同事们，开始了临摹整个洞窟的计划。

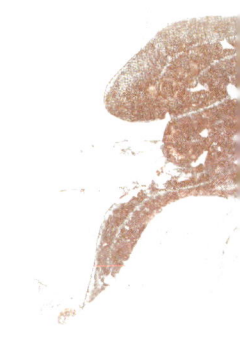

当 5 米 × 12 米的整窟原大原色作品先后在北京、上海和日本的东京、京都等地展出后,引发了持久的敦煌风潮。

不过,段文杰也意识到,后来者似乎并不安分。年轻人深受西方绘画技巧影响,不喜欢佛教壁画的线条,或者希望在敦煌找到艺术灵感,进行自己的创作。

段文杰出任研究所所长后,提出了一个六字方针:临摹、研究、创新。他认为临摹有多重意义。一是文物价值。1950 年文化部就把临摹当作一种保护手段,记录了 1950 年的壁画,在 20 世纪 80 年代再临摹的,同一幅壁画记录下不同时代的副本,具有文物价值。二是绘画艺术价值。临摹者的艺术修养、绘画水平,都在临本中反映出来了。三是创作价值。他认为不管是临本画还是一般绘画,都有一个再创造的价值。同一个人临摹同一幅画都不会一样的,这个过程不能重复,也不能再造。

● 莫高窟第 285 窟供养菩萨(局部),西魏。每身菩萨动作、姿态各异;有的裸体披巾,有的披右袒袈裟……画中人物面部和肢体的晕染还未完全变色,可见当时的设色效果

此后,每个初到莫高窟的年轻画家,都记得每天晚

● 莫高窟第 285 窟窟室内景,西魏。是敦煌石窟中最早有确切开凿年代的洞窟,主室北壁发愿文中有西魏大统四年(538)、五年(539)纪年。洞窟主室为覆斗顶形窟,平面为方形。窟室中央现存一元代建方形坛台。南壁、北壁对称开凿 4 个小禅室。部分禅室内或门口还残留元代所修小塔的部分塔身

敦煌掌门　　段文杰　敦煌艺术导师

● 莫高窟第285窟《五百强盗成佛图》(局部),展现了五百强盗与官军交战、强盗战败被俘、国王审讯强盗等场景

上在段文杰的带领下描线的经历。

"为了节约纸张,第一次用淡墨,第二次用深墨,第三次用浓墨,然后再反过来到背面,这样一直练腕力、练笔力。"当年"不安分"的人之一,敦煌研究院艺术研究部原部长娄婕直言,她"甘愿做个临摹匠"。

"我的家在敦煌,哪里也不去"

从天府之国,到荒漠戈壁,天上人间。生活着实艰苦,三九隆冬,地气极寒,段文杰住在一间破庙里,土墙有裂缝,木门合不紧,就连一个生火的炉子也没有。屋内屋外都笼罩着零下20多摄氏度的冷,只好和衣而卧待天亮。早上起来,他发现眉毛胡子全白了——都已结霜。这里物资极度匮乏,一日三餐,粗粮就着风沙,再喝一壶发苦的大泉河水,肠胃不适抛脑后。正如段文杰自己说:一画入眼中,万事离心头。

那时候,物质条件贫乏,蔬菜很少,粮食品种单调,

● 1952 年，段文杰临摹第 285 窟壁画

而且都要从县城购买。徒步进城买东西，当天赶不回来，必须住一晚上，第二天才能回来。

有一回，段文杰赶着毛驴进城，想当天就回来。当他从鸣沙山方向抄近路往莫高窟赶的时候，天色已黑，四野无人。静静的沙山上，只有毛驴的蹄声，以及他的脚步声。忽见前面沙头上，一只狼在盯着自己。段文杰大惊之下，赶忙从布包里取出手电筒对狼照射。静，俱寂，段文杰心跳如重鼓。狼和他僵持着，都没动，驴却早已乱了方寸。时间那么长，就像鸣沙山上的沙，似乎从未流逝过。突然，狼动了，段文杰屏住呼吸，结果狼向着另一个方向跑开了。段文杰整个人松弛了下来，大口喘着气，才发现早已惊出一身冷汗。"后来我想那只狼可能已经吃了什么小动物，并不饿，所以没有来攻击我。"段文杰这样对人说道。

1955 年，段文杰获得文化部批准，回家探亲。儿子在重庆见到了分别 11 年的父亲，段文杰把妻子龙时英和儿子一起接到敦煌。儿子在敦煌度过了少年时代，严厉的父亲时常教他如何临摹壁画，并告诉他，要把临摹壁画时学到的构图和造型技巧，运用到创作中。

然而，一家人团聚的幸福没能持续多久。

1959年之后，敦煌一带自然灾害严重，出现了缺粮现象，每个人每月的口粮是20斤。由于蔬菜和肉食很少，段文杰身体开始浮肿，肺部也出现了毛病，医生检查说是营养不良和劳累过度所致。

那几年食品极其匮乏，哪里还能增加营养？段文杰看见莫高窟大泉河边和远处，长着不少野草，就想着养几只兔子，解决一下辅食来源。他把想法告诉妻子龙时英，她非常支持。兔子开始繁殖以后，很快成了一窝，隔上一段时间，他们就宰一只兔子，改善一下生活。段文杰的身体总算没有继续垮下去，肺部的毛病也渐渐好了。

动荡的年月中，段文杰被打成了"右派分子"。此后，他和犯了"错误"的同事，多了一项工作——劳动锻炼。段文杰挖沟渠、淘厕所，啥都干过。尽管遭受不公正对待，遭到精神上和生活上的双重压力，但是段文杰始终没有倒下去，他依然默默地做着自己的工作，特别是研究工作。尽管无名无利，段文杰却始终坚守科学态度和艺术家的良知，从不马虎。

当时，研究所里有一个大工程，就是在大泉河上修水库，自己发电。段文杰作为"犯了错误的人"，自然要去做苦力。夏天，烈日当头，汗流浃背；隆冬，朔风如刀，寒入骨髓。一年下来，多少人碰破了手、砸伤了脚、扭坏了腰，甚至撞破了头，总算建起了一座长百米、宽3米、高 12 米的砂石水库。说起来也叫人高兴，水闸一开，发电站的电灯居然亮了。虽然只有几秒钟，"但毕竟是亮了啊。"段文杰无比开心。然而，没多久，山洪暴发，耗时一年千辛万苦修建的水坝，被冲了个精光。

不管在劳动中，还是在洞窟里，段文杰都没有放弃对莫高窟艺术的思考。敦煌艺术的来龙去脉，以及许多使他感兴趣的问题，他想把它们弄明白。段文杰不断地思考、联想、分析、比较和归纳。在劳动和工作之余，他通过阅读一些古籍和佛经来充实自己，在这个过程中，对一些敦煌艺术的问题，找到了一些答案。

段文杰还没来得及写下这些思考，更大的暴风雨来临了。他的"罪名"主要是：为常书鸿搞的纪念莫高窟建窟 1600 周年活动出谋划策，为反动的宗教艺术唱赞歌，组织多次学术讲座，充当"牛鬼蛇神"的黑干将。

一次，段文杰正在家里桌子前看书，忽然听见一阵猛烈的打门声。开门后，冲进来一伙人，一个造反派头头大声说，"把你窝藏的反动证件交出来。"

段文杰说："没有，只有笔记本，都是工作笔记和读书笔记。"

头头身旁的打手一听，火冒三丈，就要动手打段文杰。另一个造反头目拦住说，"抄！"

然后，段文杰家所有的箱箱柜柜全部被翻腾、搜查了一遍。笔记本、资料卡和一些书籍，还被拿走不少。书房被翻了个乱七八糟，老伴吓得不敢出声，后来得了精神分裂症。

"我真是感到命运奇妙，真是想不通，但不通也得通。"多年后，段文杰这么说。当时，他最担心的，其实是莫高窟这座艺术宝库的命运。那个年代，很多地方的文化遗产，都被当作"封资修"破了，造成了无法挽回的损失。如果哪一天，来一群莽撞的人，将莫高窟打砸一场，那后果不堪设想。

没多久，段文杰接到通知，让他去农村劳动。"问我愿意回四川老家，还是去敦煌农村；我回答说，我的家在敦煌，哪里也不去。"段文杰带着患病的妻子，被安置到了郭家堡公社墩湾大队。段文杰开始收拾东西。家被抄了，剩下的无非就是一些最普通的生活用品，破旧的桌子、板凳，盆盆罐罐一大堆。最值钱的，是他多年来购买的几大柜书籍。段文杰最喜欢购书，除了生活开支，其他的钱都拿去买了书。

到农村后，第一次劳动是修水渠，外出劳动，自带被褥、粮食和炊具。段文杰背上老羊皮，扛起铁锹，提着面口袋，跟小伙子们一起上路。十几里上坡路，累得他满头大汗。到了目的地，段文杰被安排在一家停产的油房里居住，睡在木榨旁边，一张褥子，一件老羊皮大衣，连穿带盖一身滚。

早上天刚麻麻亮，段文杰就开始干活了。他要把渠底的泥土挖起来，往堤坝上丢。一丈多高，小伙子们力气大，一挥锹土就上去了。段文杰上了岁数，丢一铁锹土，倍感吃力。但他不甘落后，多花些力气和时间，照样把土丢了上去。白天累一天，晚上倒头就睡，早上起来两腿硬直，两手握不住铁锹把。这是太过劳累的缘故，需要活动一阵子才灵活。

吃得很简单，一天三顿饭，只要有面就行。敦煌农民都爱吃拉条子，人人也会做拉条子，把揉好的面，搓成一条，双手一抻，又细又长。煮熟后，一勺辣椒儿滴醋，狼吞虎咽，顷刻下肚。段文杰在敦煌多年，胃早已"叛变"，也喜爱吃面，什么麻食子、面片子，竟也做得来。

后来，队长照顾他，给了一辆驴车，让段文杰每天拉土垫圈积肥。对农民来说，肥料就是粮食，大队只有五六十户人家，积不了多少肥。段文杰另辟蹊径，进城买了些有关农用化肥的书籍，翻看琢磨，并找懂行的人拜师学艺，还专门去敦煌农业技术推广站，找专家请教。经过反复实验，段文杰不仅掌握了制造化肥的方法，还制作出了"5406化肥"，并把这一技术传授给年轻农民。

大队上交肥猪任务总是完不成，队长就让段文杰去猪场。猪场原是几位妇女在管理，她们只有养一两头猪的经验，管理几十头猪的猪场，缺乏经验，管理比较乱。把上好的青饲料，随意丢到土圈中，任猪践踏，猪吃不到干净饲料，而食槽却只供饮水。"我觉得首先要改进管理方法，把青饲料洗干净，剁碎放进食槽，让猪在槽内吃食、饮水。同时，经常清理圈肥，堆在圈外，给猪一片干净卧地，还经常用喷管喷水给猪洗澡。"段文杰养猪，饲料干净、环境好转，猪的生长有了变化。不久有一头老母猪要下崽，这在猪场是大事，但没有产房，只好在磨坊一角用草给垫了个窝。为了保证猪崽成活，段文杰也搬进猪圈，夜里睡在磨盘上，随时关照母猪分娩。3天后，母猪产下13头猪仔，全部成活，40天后都长得胖胖嘟嘟。消息传到县里，县委书记慕名来见他，称赞说：

"老段,听说你猪养得有办法,我特来看你。"

段文杰与农民关系处理得不错,他们有难心事,常来找段文杰出主意。要办墙报也来找段文杰,他总是来者不拒。有的找他写信,他也不推辞。凡是能做到的,段文杰都尽量给服务。他甚至自带了一个理发推剪,有些农民找上门来理发,他也义务理发。

那年头,农村也不是世外桃源。农民并不愿意开那些批斗会,但有啥办法,隔一段时间,就召开一次批斗会。有时把多年前的地主批判一下,有时把城里下放的无业游民批判一通,有时也批判农民的"资本主义尾巴"。一位村民进城卖了一只公鸡,回来买了些火柴、煤油等生活必需品,有人说这是"资本主义尾巴",就召开批判会。有的人慷慨发言,无限上纲,场面不大,声势不小。别人让段文杰发言,他说,"不了解情况,没有发言权。"

被下放农村,纵然是精神和肉体的双重摧残,但段文杰如同一棵行走的胡杨,倔强而挺拔地立于祖国的西北。他曾这样写道:"没事挑灯夜读,思考和研究我的艺术和美学,渐渐淡忘了研究所的人和事。"后来,回顾这一段岁月,身为院长的段文杰轻描淡写,不言"恨",更不说他人之过。

"赶上国际学术界前进的步伐"

1972年,敦煌文物研究所来人找到段文杰,让他回所里工作。段文杰当时就拒绝了,并说:"我现在已经适应了农村生活,自食其力,不考虑其他事,我不想再折腾了。"

又过了十几天，所里又派了车来接段文杰。一些人劝他，一些人劝他老伴，还有一些人干脆把他家里的东西往汽车上搬。许多农民邻居，也来帮助搬东西，来送别，依依不舍。段文杰看着来人态度都很诚恳，再加上他内心深处其实也割舍不下敦煌，那就不管是祸是福，回去再说吧。

回到敦煌，段文杰担任了敦煌文物研究所第一副所长，他感到担子很重。"文革"使得人与人之间的隔阂都埋在心底。那些个千沟万壑，早把人与人之间的信任切得七零八落。要把全所的人重新团结起来，把力量用到推进敦煌事业上来。段文杰与一些同志个别谈话，或在大会上特别强调要消除隔阂，加强团结。他常常引用陶铸的诗句，"如烟往事俱忘却，心底无私天地宽"。

一个重要的问题一直在段文杰脑海中萦绕，那就是如何推动敦煌学的研究工作。那时中国大陆的石窟艺术和敦煌文书各科目的研究，基本处在停滞状态。而中国香港、台湾的学者和日本、法国的学者在敦煌文化研究上，都取得了相当大的进展。台湾的潘重规等学者，创办了《敦煌学》杂志，并在大学倡导敦煌学研究，设立敦煌学研究小组，开设"敦煌学"课程。香港的饶宗颐多年致力于敦煌研究，在《敦煌写卷之书法》和《敦煌白画》发表后，又编辑《敦煌曲》一书，对敦煌乐舞的研究提出了新的角度。与此同时，一些国外的敦煌文化研究也取得了令人注目的成果。日本学术界继敦煌藏经洞发现后的首次敦煌研究浪潮和第一次世界大战后的第二次敦煌研究浪潮之后，20世纪50年代和六七十年代又开始了第三次敦煌研究浪潮。日本东洋文库"敦煌文献研究委员会"、京都大学"共同研究班"和龙谷大学"西域文化研究会"等学术团体所进行的"集团式研究",取得了丰硕的成果。

"我们只有抓紧时间,奋起直追,多出成果,才能赶上国际学术界前进的步伐。"段文杰曾说,虽然停滞了十多年,产生了一些困难,但也有很多有利的因素,比如:中央的改革开放政策给学术和艺术的发展提供了一个宽松而又广泛的环境和空间;一批老中青敦煌研究队伍,可以发挥重要骨干作用;巨大的莫高窟仍然屹立在祖国的怀抱中,敦煌石窟群蕴藏的大量艺术精品,是开展深入研究的强有力的根基;外国学者主要在敦煌遗书文献方面着力较多,对石窟造型艺术方面涉猎不深,这些地方却是敦煌文物研究所的优势,所以仍然可以大有所为。

段文杰着手制订了一个十年规划。他调整所设机构,迅速扩充人力,特别是充实与敦煌文物宝库相关的各种专业人才,以保证各项研究业务,以及旅游工作的顺利开展。

在制订出十年规划之后,由于有很多工作短期内就要完成,段文杰又主持所务会,将1980年年底和1981年的具体工作落实到人。比如:做好中日合作的《敦煌莫高窟》五卷本的后三卷撰稿,为《敦煌》一书撰稿,全所业务人员要积极为即将创办的学术刊物《敦煌研究》撰稿。段文杰特别强调,敦煌的研究工作要围绕出书和试办所刊进行,使研究成果尽快见诸书刊,以利向外传播。

就在这一切工作紧张有序进行时,敦煌迎来了一位重要客人。

1981年8月8日，改革开放的总设计师邓小平来敦煌莫高窟视察。邓小平到达莫高窟后，段文杰简要地向他介绍了敦煌的历史和莫高窟文物的内容和价值，特别是藏经洞文物的发现、帝国主义的掠夺、敦煌学在国际学坛上的兴起，还有所谓"敦煌在中国，研究在外国"的说法，以及所里研究人员正憋着一股劲儿开展工作等情况。

邓小平说："敦煌是件事，还是件大事。"接着，他又非常关切地问段文杰："你们有什么困难没有？"

段文杰回答："现在最大的问题有三个。一是洞窟保护工作，20世纪60年代周总理批准投资100万元，对洞窟进行了第一期加固工程，现在还有南区一段、北区一段和中间50年代实验性加固的一段，都需要加固。"

邓小平问："办这些事需要多少钱？"

段文杰回答道："过去是100万元，现在要修最少得300万元。"接着他又说了另外两个困难：一是人员，特别是专业人员太少，他们已经征聘了一批各种专业人员，这些人进来要解决一系列问题——人员指标问题、家属问题、子女升学就业问题等；二是要改善职工的工作和生活条件，不然现有的人不安心，需要的人调不来，大学生分配没人来。只有生活条件有了改善，才能把现有人员的心安下来，才有更多的人愿意来敦煌工作。

邓小平听完后，向旁边的王任重（时任中宣部部长）说："你给他们解决一下吧！"王任重微笑着点了点头。

谈完工作，段文杰陪同邓小平参观洞窟，由北向南，首先参观了藏经洞，接着观看了第45、61、285、257、

220窟。每进一个洞窟,邓小平都会很有兴趣地观看壁画,有时也会提出一些问题,段文杰都一一解答。从第112窟看完反弹琵琶出来,段文杰对邓小平说:"上层还有三个代表性唐代洞窟,但要穿隧道、爬台阶,比较陡,不好走,还是看下层的洞窟吧。"

邓小平说:"上去看,上!"

上去后,他们先到第156窟,这个窟壁画讲的是张议潮收复河西、维护国家统一的历史。邓小平边听段文杰介绍,边仔细观看《张议潮出行图》细节和窟中其他壁画。从第156窟出来,又进入第158窟观看卧佛和壁画《各国王子举哀图》,然后转到第159窟观看《文殊变》中的舞乐场面和《吐蕃赞普礼佛图》。

到此,洞窟参观结束。

临别前,邓小平说:"你们辛苦了,谢谢你们。"

后来国家很快拨了300万元经费,国家文物局安排专人前来落实。这笔经费用于建设办公科研场所和职工生活福利区。

"敦煌学这朵鲜花将会越开越夺目"

1982年4月,段文杰被任命为敦煌研究所所长。常书鸿调北京,任国家文物局文物委员会委员,兼任敦煌文物研究所名誉所长。

段文杰任所长的第一件事,就是筹备赴日举办敦煌艺术展。在国家文物局的支持下,展出敦煌壁画临摹本56幅、彩塑作品10身,展期6个月,展览地在东京等5

个城市。这次展览规模大,内容丰富,琳琅满目,参观者赞不绝口。甚至在日本掀起了"敦煌热",前来参观的日本民众络绎不绝,盛况空前。

日本的一位中国服饰史专家看了展览后,充分利用画展中的服饰资料,对他的唐代服饰一书做了修改,重新出版,并问段文杰:这么丰富的资料,你们为什么不研究?

这确实令人惭愧,段文杰准备先将这个题目拿来研究一番。段文杰通读了二十四史《舆服志》,同时研读了大量的有关服饰的论文,花了一年多时间,查阅了近百种资料,摘录了2000多张卡片,初步整理出了中国衣冠服饰的发展状况。段文杰把敦煌壁画中的服饰演变纳入历史发展体系进行探讨,并形成了论文的脉络和框架,列出了提纲。

此后,段文杰还根据过去临摹壁画的印象,对洞窟进行对照研究,对敦煌壁画线描技巧的传承发展情况,

● 1982年,段文杰在日本举办的"中国敦煌壁画展"上,为日本观众讲解壁画

做了分析归纳和总结，写出了《谈敦煌壁画线描》一文初稿；根据洞窟中的一些重点画幅的赏析，写出了《九色鹿变》等一批读书笔记。此外，段文杰还写了一本《敦煌研究专题报告笔记》，里面包括了石窟考古学等问题。

"现在国际上有一种说法，'敦煌在中国，敦煌学在国外'，咱们的一天要当成两天用，扭转这一局面。"段文杰对身边人这么说。从日本回国后，他积极倡导办学术刊物《敦煌研究》，还撰写了《敦煌研究的回顾与展望——代发刊词》和《试论敦煌壁画的传神艺术》两篇文章。

敦煌学在中国的发展，经历了十分曲折的过程。从1900年藏经洞被道士王圆箓发现，直到20世纪40年代，中国学者才开始对敦煌石窟进行实地考察。1944年，国立敦煌艺术研究所成立，莫高窟才结束了无人看管的状态。从那时到60年代，国内的敦煌学在文学、史学、语

● 莫高窟第257窟西壁《九色鹿本生故事》，北魏。本生画，即"菩萨行"故事画，描绘的是超乎常人的自我牺牲的圣行。《九色鹿本生故事》是敦煌唯一以动物为主角的本生故事，采用长卷式构图，通过7个段依次讲述：落水者落水，九色鹿拯救落水者，落水者跪谢九色鹿，王后要求国王捕鹿，落水者告密，国王出行捕鹿，九色鹿向国王讲述事情始末

言学等方面都取得了不少成果，但在"文化大革命"时期又陷入停滞。

改革开放之后，段文杰发现了敦煌学发展的新契机。他觉得中国要用自己的力量，推动敦煌学向前发展。段文杰让大家积极研究，出版了很多书籍，发表了大量论文。同时，他还想推动全国的同人一起来研究。

在段文杰的倡导下，国内最早的敦煌学专业期刊《敦煌研究》创刊，从不定期刊，到季刊，再到双月刊，如今已成为国际上有影响的期刊。在段文杰主持下，1983年全国第一次敦煌学术讨论会召开。1987年，敦煌研究院主办了第一次敦煌学国际学术讨论会，这在中国大陆是第一次。段文杰认为，敦煌的重中之重是在大力开展"敦煌学"的"保护、研究、弘扬"六个字上。除主导危岩加固、修复壁画、监测窟区环境外，他的心思一直在敦煌学的研究上。由于身为院长，事务太多，他甚至把

做饭时间都利用起来。结果,因为写文章太过专心,饭都焦在了锅里,他还浑然不知。

1984年元月,中共甘肃省委常委会议研究决定,在敦煌文物研究所的基础上扩大编制,增加经费,筹建敦煌研究院。

得知这一决定后段文杰十分激动,这可是中国几代学者、艺术家和有识之士的愿望。成立敦煌研究院,可以尽快充实和壮大敦煌学各学科的研究力量,加速营造和拓展与国内外学术界、艺术界交流合作的环境和空间,有利于促进和推动敦煌学研究回归故里、走向世界。

1984年1月27日,在甘肃省文化厅举行了第一次敦煌研究院筹备工作会议。段文杰和到会的同志都发了言,经过讨论,估计筹建工作需3年时间:头一年,尽快把投资、地皮、设计等问题解决好,年底破土动工;接着大干一年;第三年建成。

"筹建阶段,研究所的各项工作不能停顿。"段文杰说,要抓好提高研究、加强保护、改进接待几个方面的工作,还要办好《敦煌研究》,编好书籍画册。原定的十年规划中有两个会议设想:全国第一次敦煌学术讨论会已在1983年开了;另一个是原定1986年召开的"敦煌学国际学术研讨会",要继续按计划筹备,争取开好,扩大影响。而且,兰州建院是为了聚集人才,扩大研究领域,对发展研究事业有好处,但敦煌是根本,是保护的重点,是研究的基地。有的研究部门可以设在兰州院部,如遗书研究、刊物编辑、资料中心、人事部门。有的则只能坚守在敦煌,不能迁到兰州。拟调入的各类业务人员，要有真才实学，要把德才兼备、有事业心、愿意为敦煌事业吃苦出力的人调进来；宁缺毋滥，进人要集体讨论。敦煌研究院人员编制最后达到300人。

回到敦煌，段文杰又立即召开了所务会议，对建敦煌研究院的有关事项进行了讨论和研究，确定了参加筹建处的工作人员；并拟定了《敦煌研究院人员编制草案》和《敦煌研究院兰州院部基建初步预算》等需尽快报批的文件。他还对拟将设置的各类行政部门和业务部门的工作内容、任务和职责，进行了划分。比如：石窟保护研究所，主要任务是研究壁画、彩塑病害治理，自然环境保护，石窟窟体的加固及石窟档案工作；美术研究所，主要任务是从事敦煌壁画、彩塑的临摹及石窟艺术理论和艺术史的研究；历史考古研究所，主要任务是进行石窟考古和敦煌史地研究，等等。

部门很多，"要尽快调集和培养中青年研究人员，5年内全院职工人数达到300人。"段文杰说，除接待部外，其他各部门科研人员不得少于80%。

同时，段文杰还带领大家制订了全院近期、长期研究工作规划。

1984年，敦煌研究院正式成立，段文杰被任命为院长，吴坚为首席顾问，常书鸿为名誉院长，樊锦诗、赵友贤为副院长。

敦煌研究院领导班子组成后，另一个重要问题是组建院辖各部门机构，确定各部门职责，任命各部门负责人。对此，段文杰和班子成员在院委会上进行了充分研究和讨论，决定任命一批老专家和中青年后起之秀担任各部门负责人，充分发挥其业务骨干和学术带头人的作用，全面推动敦煌石窟的保护、研究与弘扬工作的开展。比如，建筑专家、自1947年就到敦煌开始莫高窟保护工作的孙儒僩任保护所所长，李云鹤为副所长；临摹专家关友惠、李其琼分别任美术所正、副所长；考古学家贺世哲任考古所所长，多年从事石窟考古的画家刘玉权任副所长；历史学家施萍婷任遗书所所长，另一位历史学家李正宇任副所长；资料中心很重要，必须要有一个对敦煌石窟有全面深入了解，并且工作认真细致的人来领导，最后一致认定主任一职非"活资料"史苇湘莫属，副主任则由精通日语的年轻人刘永增担任。

针对旅游业的兴起，敦煌研究院当时还设立了服务部。与此同时，莫高窟新区的科研大楼和宿舍也已修建完工，全体职工从原来的平房迁入新居。

在全院大会上，段文杰说："敦煌研究院的成立，标志着敦煌的研究和保护工作进入了一个新的阶段。我们要以务实的态度来对待工作，各部门都要把本职工作搞好。现在生活条件和工作条件已有很大改善，万事俱备，只欠东风。东风就是我们的工作成绩、我们的学术成果和艺术成果。我们要把'敦煌在中国，研究在外国'的言论看成特殊的鞭策、特殊的动力。我相信经过努力，这种状况一定会改变，被动的局面一定会扭转。我们要以坚实有力的步伐，迈入国际敦煌学研究的先进行列。"

会后史苇湘对段文杰说："你的话表达出我们的心声。"

段文杰后来写道：在春风吹拂、万紫千红的百花园里，敦煌学这朵鲜花将会越开越夺目。

"只要生命不息，敦煌之梦就不止"

敦煌研究院成立后，段文杰制订了保护、研究与弘扬的工作方针，对各个所、室与中心的业务范围都进行了明确划分。大家热情很高，发现新问题，也会提出很好的建议。作为院长，段文杰把大家的意见集中起来进行分析，对一些好的建议，尽快予以采纳，并通知有关部门立即办理。

当时，莫高窟南区南段的洞窟崖体加固工程已经开始施工，他对保护所所长孙儒僩和副所长李云鹤叮嘱道："现在到敦煌来的研究者和参观者越来越多，南区南段的洞窟崖体加固工程一定要抓紧时间，力争在1985年完工。你们要与工程队密切协作，坚持质量第一，这是百年大计，不能马虎。"

孙儒僩和李云鹤都表示，他们非常重视这个问题，也做了安排，并随时进行监督检查，以确保工程质量。为了提升文物保护工作的质量和力度，提高工作人员的知识和技术水平，段文杰与东京艺术大学时任校长平山郁夫商议，组织了一个保护研究人员访日考察团。

考察团1984年11月15日出发，到日本后受到热情接待。考察团考察了日本几处文化遗产方面的研究所，参观了东京、京都、奈良等地的古遗址，并与日本文物保护专家进行了学术座谈和经验交流，了解了日本对古代壁画、雕塑和纸本文物的保护设备和保护技术。根据考察团寄回及带回的信件和回国后的汇报，段文杰感到许多方面都很有借鉴意义。

"看来，我们在采用现代科学技术保护石窟文物方面必须尽快有一个大的进展。"段文杰很是感慨，随即致信平山郁夫：

> 您让我院考察团带回的信我已收到，感谢您对考察团的热情接待，精心安排，使他们参观了贵国许多珍贵文物，了解了贵国文物保护的现代化设施和科研成就，对我们进一步搞好文物保护很有意义。关于敦煌文物保护工作您一向关心，并多次来信表示愿给予无条件援助，我们深表谢意。对于仪器设备、科学技术项目，我们正加紧拟订计划，待呈报文化部审批后转寄贵方。关于1985年4月派出两名文物保护科技人员赴日进修事，人员已定为李最雄和段修业。详情另告。为了加强和加速敦煌文物保护工作，我们准备接受国内外的捐赠和援助。我们将为捐献者树碑立传。欢迎您再次访问敦煌。

在这期间，敦煌研究院专门召开院务会议，研究石窟保护工作。段文杰在会上说："敦煌石窟群是祖先留下的伟大文化遗产，我们必须保护好，否则愧对祖先。南区南段的洞窟崖体加固工程完成后，整个南区洞窟通过栈道连成一线，有利于游客的参观，但是参观者越来越多，洞窟内已经日渐拥挤。因此洞窟内部的保护工作也要做好。导游人员和讲解人员要注意分批有序地将参观者带入洞窟，避免在一个洞窟内涌入过多的人群。光这样还不够，得采取一种措施使参观者既能看清壁画和塑像，还要与壁画、塑像保持一段距离。设置玻璃屏风是一种可以采用的办法。另外，对石窟内壁画的起甲、脱落等问题，要尽快研究保护办法。保护所正在研究的壁画起甲修复技术要抓紧。我们要探索利用现代科技手段保护壁画的办法。可以派出一些中青年保护工作者到国外学习先进技术。现在窟区人员纷杂，应建立一支护窟队，加强文物保卫工作。"

此后，在接待国内外友好人士参观访问过程中，段文杰多次提到保护敦煌文物的紧迫性，希望有识之士给予关注。令他感动的是，国外一些敦煌热爱者伸出了援助之手。

1985年8月8日上午，段文杰在办公室里接待了一位年已古稀的日本老太太。当专程从日本陪同这位老太太前来的石嘉福先生向她介绍说"这位就是院长段文杰先生"时，她顿时激情难抑，热泪盈眶，紧紧握住段文杰的手，激动地说："我终于来到敦煌了，终于来了，太高兴了。"

这位日本老太太名叫山口节子，是日本国佛教中心成员，这次她不顾高龄专程前来，是为了亲手向敦煌研究院捐赠一笔款项，以了却她的夙愿。段文杰代表敦煌研究院接受了她的捐赠，向她表示了真诚的谢意，并陪同她参观了莫高窟的代表性洞窟。她不顾旅途劳顿，非常认真地观看着洞窟内的壁画和彩塑。在参观后，她情真意切地说："一个人，如果能实现他一生最大的愿望，那么他就获得了最大的幸福。今天，我正是这种幸福的获得者。我不懂艺术，但每进入一个洞窟，我都会产生一种得到艺术享受的幸福感。正是这种感觉，使我认识到了敦煌艺术的伟大。"她还回顾道："1958年，我有幸在日本的高岛屋参观了敦煌壁画展，那次参观给我留下的印象太深刻了，使我从此爱上了敦煌，并立下誓言：在我有生之年，一定要到敦煌来看看。快30年了，今天，我终于来到了向往已久的地方。此时，我真不知道用什么语言来表达我的心情。"

在与她的交谈中，段文杰得知她为了了解敦煌，数年前就开始看有关敦煌的书籍和电视片。她身体多病，曾做过4几次手术。1984年5月，正当她准备启程来中国时，突然发病住院并再次做了手术。出院后身体虚弱，为了不影响敦煌之行，她以顽强毅力，每天坚持步行三四个小时，历时年余。她还说："来敦煌是我坚定的愿望，给敦煌捐这点钱是为了表达我的心意，就像沙粒一样微小，也像沙粒一样真实。我希望在敦煌的研究和保护上尽一点微薄的力量。"

临别前夕，敦煌研究院为她举行了送别宴会，大家交谈甚欢。告别时，山口节子女士满含激动和惜别的泪花，说道："我要走了。但我的心里是踏实的，因为我心里装有敦煌，有你们对我的友谊。"

1987年12月，联合国教科文组织世界遗产委员会将莫高窟列入世界文化遗产名录。此时，敦煌研究院学术委员会和《敦煌研究》编辑部将段文杰的石窟艺术研究论文汇集成册出版。段文杰将所写论文精选出14篇，进行了精心修订和配图。这本论文集，可以看出段文杰

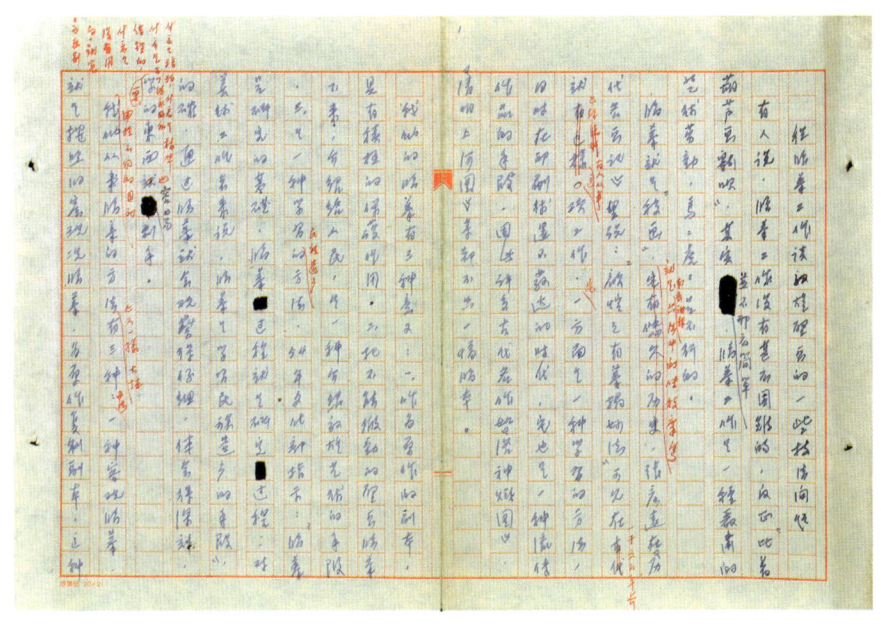

●段文杰手稿

的研究脉络、范围和成果，看出他对石窟艺术思想内容、艺术成就、历史价值等方面所做的切实研究。

给段文杰留下深刻印象的还有这么一件事。那是1990年8月，他应邀赴加拿大多伦多参加第33届国际亚洲和北非研究大会，期间去温哥华讲学，有一位华人餐馆经理，两次来听段文杰的讲演。他告诉段文杰，自己在加拿大居住了50多年，在国外做苦工，遭人歧视，走在大街上抬不起头。新中国成立了，祖国强大了，中国人走在大街上腰杆挺起来了，干事也顺当了。他跟段文杰说，"虽然我加入了外国国籍，但我的心什么时候都是向着祖国的。每年我都带着孩子回去看看祖国和祖国的文化。他们看了敦煌壁画很喜欢。我叫他们记牢，永远不要忘记祖国。"

1990年10月,"1990年敦煌学国际学术讨论会"在敦煌举行。10月7日晚举行开幕式,段文杰致开幕词,指出这次会议不但有纪念藏经洞发现90周年和丝绸之路开通2100年的重要意义,还有着承前启后,推动敦煌学各领域研究深入发展,推动国际学术交流不断前进的现实意义。

会议现场,中外学者各抒己见、畅所欲言,这种良好氛围和协作精神,促进了各国学者之间的友谊,架起了文化交流的桥梁。会后,敦煌研究院编辑出版了1990年《敦煌学国际研讨会文集》3卷本。

1992年,敦煌研究院的许多保护研究项目都在一一落实。为了进一步弄清中国佛教石窟艺术特色及其之间的关系,段文杰带领几位年轻研究人员张元林、梅林、刘永增等人前往四川考察石窟艺术。他们考察了广元的皇泽寺造像和千佛岩雕刻,经成都至乐山考察了乐山大佛等。在四川盆地转了一大圈,他们对四川的佛教遗迹和佛教艺术有了更全面的了解。四川是段文杰的故乡,看石窟遗址,他倍感亲切。

回到敦煌不久,段文杰感到胃不太舒服,吃的东西总会呕吐出来。到医院去检查,诊断结果是胃癌。好在发现及时,古稀之年的段文杰做了胃大部切除手术。术后,段文杰昏睡了两天。

"回忆过去的一切,我好像做了一场梦。"段文杰曾这样写道:"这场梦做了50多年。尽管在人类历史的长河中,这只是短暂的一瞬间,但对一个人来说,却是相当长久的一段历程。在这场梦中,虽然有一些不和谐的音符,但总体上还是美好的、积极的、令人回味的。因为我是在敦煌做的这场梦,仅仅用博大精深还不能完全解释敦煌。敦煌是严酷的自然环境和人类美好愿望的有机结合,敦煌是对真善美的不懈追求,敦煌是对创新精神的不断发扬,敦煌是对世界各国各族人民友好往来、共同发展的赞美,敦煌是对世界和平与文明进步的向往。在这样的地方展现我们的梦想,是一件有意义的事情。"

耄耋之年,段文杰最后一次来到敦煌。驻足九层楼前,只见树木葱茏、枝叶掩映,新一代敦煌人接续"莫高精神",踏沙而行,就像他始终坚信的:"只要生命不息,敦煌之梦就不止。我相信以后还有很多人继续敦煌之梦,而且梦境更佳"。

2011年1月21日,段文杰去世,葬于三危山下。

他的墓碑和莫高窟遥遥相望,生前身后,永不分开。

樊锦诗 敦煌的女儿

时光的指针拨回到1963年,那时,少女樊锦诗怀揣着报效祖国的理想,走进了莫高窟。

隆冬,雪落三危山,敦煌研究院中,那座名为"青春"的雕像上,也落满了雪花——一位短发少女拿着草帽,昂首前行,意气风发,行色匆匆。

这座雕像的原型,正是"敦煌的女儿"——樊锦诗。

樊锦诗1938年出生于北平,长于上海。1958年,20岁的樊锦诗考上了北京大学,成了北京大学历史学系1958级考古专业的学生。1963年毕业,樊锦诗被分到敦煌文物研究所,一直工作至今。作别繁华市井,来到大漠深处,樊锦诗成了守护敦煌的人。

"历史是脆弱的,因为它被写在了纸上、画在了墙上;历史又是坚强的,因为总有一批人愿意守护历史的真实,希望它永不磨灭。"敦煌研究院墙上的一段话如是写道。

●樊锦诗和以青年时的自己为原型的雕像《青春》

● 1962年,樊锦诗和北京大学同学在莫高窟实习时留念

● 1962年,敦煌研究院工作人员李永宁、霍熙亮和北京大学实习生在莫高窟第290窟工作情况

在敦煌研究院工作的数十载,樊锦诗曾任敦煌研究院院长,现任敦煌研究院名誉院长、研究馆员。2017年,她主编的《莫高窟第266—275窟考古报告》荣获第七届吴玉章人文社会科学奖优秀奖;2018年,她被授予"改革先锋·文物有效保护的探索者"称号;2019年,她荣获"文物保护杰出贡献者"国家荣誉称号。

让我们暂时忽略这些头衔,将时光的指针拨回到1963年,那时,少女樊锦诗怀揣着报效祖国的理想,走进了莫高窟。

"让人全然忘记了外部世界"

樊锦诗对敦煌的最初印象,是中学时候读过的一篇课文。课文里面介绍,敦煌是一颗明珠、是一座辉煌灿烂的艺术殿堂。从那时起她就念念不忘,憧憬有朝一日去敦煌看看。后来,机会来了,1962年,她与三位男同学在北京大学宿白教授的带领下,去莫高窟实习。

初入洞窟,樊锦诗就被壁画摄人心魄的美深深震撼。

● 莫高窟第45窟南壁西侧《观音经变之胡商遇盗》，盛唐。讲的是一群胡商牵引满载货物的驴骡在山中遇强盗拦劫。其中一人口念观音菩萨名号，乞求帮助。结果，观音显灵，胡商得到解救。现存红底墨书榜题："有一商主，将诸商人，赍持重宝径过险路……一心称观世音菩萨名号，于此怨贼当得解脱。"

只要一进入洞窟，人便来了精神。而且，不同于都市的夜空，莫高窟可以看见繁星闪烁。每当这时，便是樊锦诗一天最放松的时刻了，可以静下心来，思考一天做过的事。

"如此灿烂夺目的壁画艺术，让人全然忘记了外部世界，只能沉浸于其中。"樊锦诗曾说。这份专注，似乎源自她的专业背景。樊锦诗考上北京大学的时候，历史系刚成立考古专业，老师讲课，很是严谨细致。樊锦诗回忆，老师讲课时，对一项研究，会仔细地从近代讲到现代，包括所有的研究现状，细细讲解、一一分析。老师还把怎么去开方，如何做调查，然后怎么下挖，出了文物又怎么做，哪些需要记录，哪些又需要拍照，讲得清

● 敦煌最古老的李广杏树，树龄高达1000多岁

● 1958年的敦煌百货大楼，这是新中国成立后敦煌建成的第一栋楼房

清楚楚。时代的氛围加上北京大学严谨求实的学风，让樊锦诗基础打得相当扎实，练就了一身过硬的本事。

"从小到大的培养，在那个时代的氛围下，我们觉得学习就是要报效国家。这个不是大话，我们心里都明白，国家培养了我们；特别是周总理做了一个报告，说七个农民才能供养一个大学生，所以我觉得我们是国家培养的，也确实得报效国家，国家需要我们，当时真是这样。"樊锦诗说起去莫高窟工作的缘由时如是说。

从北京大学毕业后，背负着学校的嘱托，怀着对前途的憧憬，樊锦诗来到大漠深处的敦煌。"弹指一挥，我与莫高窟已相伴相守半个多世纪。"在一次公开演讲中，樊锦诗这样回顾走过的路。带着对新生活的期待来到敦煌，不承想，大漠的艰辛将樊锦诗打了个措手不及。

在樊锦诗的想象中，敦煌是一个很具有艺术气息的边陲小城。但是到了敦煌，她才切身地感受到甘肃的贫困与落后，甚至都没啥东西可吃。和北京、上海比起来，敦煌的生活条件，除了苦，还是苦。樊锦诗住的土房子，连一件家具都没有。在墙上掏出两个长方形大洞，就成了衣柜和书柜。住土房，睡土炕，吃杂粮、萝卜面片、土豆片，没有油水，吃不出什么味道。因为水碱性很大，用香皂洗头的樊锦诗发现，洗完后头发还是黏的。

这样的日子自然是十分粗糙的，但是，在敦煌，沙漠中也会长出好的东西，来慰藉生活在困顿中的人们。樊锦诗最爱吃的是这里的特产——李广杏。敦煌的大地上，能够长出这种在其他地方都没有的、一点不酸涩的杏子，让来自天南地北的他们，在困顿的生活中，觅得了一点甜。

跟过去的生活相比，自然会产生深深的落差。在莫高窟，晚上只有蜡烛和手电筒照明，上趟厕所都要跑好远的路。北京大学灯火通明的自习教室，上海车水马龙的街道，恍如隔世。莫高窟的夜，静谧得出奇。

生活的艰难在于，与艰苦条件相比，孤独更让人难挨。至亲的离别，带来了更大的痛苦。樊锦诗来到敦煌工作后不久，父亲去世了。樊锦诗心中很是难过。父亲在她的印象中是一个很认真的人。她依稀记得小时候，父亲回到家不是废寝忘食地读书，就是继续工作。这样勤奋好学的习惯也深深影响到了樊锦诗。父亲去世后，樊锦诗扛起了养家的重担，每月给家里寄生活费。

时至今日，她也经常想起父亲。一想起父亲，她的心中就会隐隐作痛。她还记得，在她去北京大学读书前夕，父亲曾经说，你考上了北京大学，未来的人生将会是另外一个天地了，你将会有更加广阔的视野。她又回想起，当她告诉父亲自己被分配到敦煌工作的时候，父亲不舍得她去那么遥远的地方。面对下定了决心的樊锦诗，父亲即便心情很沉重，知道此去是远行，却仍旧说，既然是自己的

● 樊锦诗和彭金章

选择,那就好好干。而这样内敛并默默关心着自己的父亲,已经不在人世了。自己再也见不到父亲了。

父亲去世的时候,樊锦诗新婚燕尔,丈夫彭金章在武汉大学历史系任教。失去亲人,又背井离乡,让她无比孤独。第一个孩子出生前,樊锦诗还在棉花地里摘棉花。摘了一天棉花,感觉动弹不了的樊锦诗,吃住都在老乡家里。老乡看她快生了,劝樊锦诗去医院待产。急急忙忙,工作生活条件差,也没啥经验,樊锦诗去医院的时候,只带了一些碎布,准备给孩子当尿布用,却忘记给孩子准备衣服,以及备用品之类的东西。

樊锦诗来到医院,病房的炉子冒着烟气,条件非常简陋。等待是那样漫长。夜里,樊锦诗怎么也睡不着,感觉浑身上下不舒服,就起来散步。生下大儿子时,樊锦诗身边没有一个亲人,"孩子生下来连一件穿的衣服都没有。在医院护士的帮助下,我给武汉发了一个加急电报,老彭知道孩子在敦煌出生了,才挑了两扁担生活用品,转车多次来到了敦煌。"樊锦诗说,等见到彭金章时,她再也止不住泪水。

产后离孩子满月还差十天左右,彭金章回到了工作岗位。樊锦诗靠着老彭带来的《妈妈手册》,一个人带孩子。幸好孩子的体质可以,从生下来就没怎么生过病。但问题很快出现了,樊锦诗的产假休完要上班了,孩子怎么办呢?她把孩子捆在襁褓里。樊锦诗上班回来,远远听到孩子的哭声,心里才能踏实些。后来有一次,孩子从床上滚下来,差点儿滚到炉子上。这让樊锦诗十分后怕,并下决心要把孩子送走。

丈夫在武汉,孩子送去了外地亲戚家,敦煌只剩下樊锦诗一个人。唯一得以慰藉的是,"饱受时光打磨,不再光鲜亮丽的壁画和彩塑在光线昏暗时隐却了神采。一旦洞窟门开启,微光抛洒进来,却是那般流光溢彩,美得动人心魄。可想而知,洞窟刚刚开凿好时,又是多么熠熠生辉。"每当痛苦和烦闷的时候,樊锦诗就会想起洞窟里的那尊禅定佛。

"我每次去看,都要多看两眼,因为他特有魅力。我后来慢慢发现,他不是光嘴角跟眼角在笑,他那个眉毛动起来了,他的鼻翼似乎也在呼吸着、动着、笑着,他的肌肉也在那笑,所以他满脸都在笑。为什么?他经过很多天的修行以后,他悟出佛的道理了,他一定很高兴,发自内心的兴奋,这就叫禅悦。"樊锦诗说。

壁画的美丽,深深吸引了樊锦诗。第57窟的美人菩萨周身修长,头部微微侧着,两只眼睛好像在下视。容颜特别美,妆容上面又染成一个立体感,额头上一点,

●莫高窟第 259 窟北壁禅定佛,北魏。敦煌石窟彩塑的代表作品之一,高 0.92 米。此身禅定佛体态端庄,身披深红色袈裟,在膝前呈三莲瓣状自然下垂,脸面浑圆、耳大垂肩、挺胸收腹、结跏趺坐、双手作禅定印;一双弯眉下双眼微睁下视,鼻翼约略隆起,双唇弯如半月,嘴角微翘,嘴角两侧两个小窝深陷,整体上给人一种会心微笑之感

● 莫高窟第 57 窟南壁胁侍菩萨，初唐。菩萨头戴宝冠，容颜美丽；头部微低，若有所思；上身半裸，肩披长巾，身饰璎珞；一手上举，轻扶飘带，一手托贡品；周身修长，身体略呈"S"形，体态优美。头冠和项饰都用沥粉堆金，雍容高贵，展现出初唐时期的一种理想美。由于第 57 窟《说法图》中的菩萨个个洒脱美丽，令人流连忘返，此窟也被称为"美人窟"

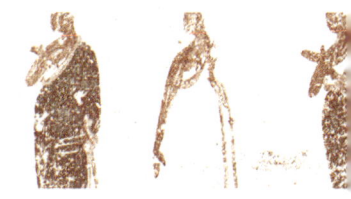

两颊一点,眼帘这儿也一点。"越看越能感觉出壁画的美来,那种婀娜多姿的身形,显示出她的形象、她的神采,显得秀雅照人。"

只要一走进洞窟,苦恼和烦闷的情绪一扫而光,她又会觉得再苦再累也是值得的。就像一棵茁壮成长的白杨树一样,樊锦诗顶着风沙,在沙漠中默默扎根。

在敦煌面前,你永远是个才疏学浅的小后生

提起莫高窟,樊锦诗总是侃侃而谈:敦煌莫高窟历史久远,时间跨度从公元4世纪到14世纪,历经10个朝代连续千年的建造而留下来。莫高窟有735个洞窟,4.5万平方米壁画,2000多尊彩塑,是个文化艺术宝库。这样的艺术魅力,引来无数人从天南海北来到敦煌,成为"打不走的莫高窟人"。

季羡林先生曾经说过:"世界上历史悠久、地域广阔、自成体系、影响深远的文化体系只有四个:中国、印度、希腊、伊斯兰,再没有第五个。而这四个文化体系汇流的地方只有一个,就是中国的敦煌和新疆地区,再没有第二个。"1987年,联合国教科文组织世界遗产委员会主席团审议批准,将莫高窟列入世界文化遗产名录。按照遴选条件规定,文化遗产只要达到六条标准中的一条,就可列为世界文化遗产,而莫高窟符合全部六条标准。这充分说明莫高窟是一处具有全世界突出意义和普遍价值的文化遗产。

樊锦诗说,在敦煌文献中,仅藏经洞出土文献就

达 5 万多件，目前可知有明确纪年者上起西晋永兴二年（305），下至北宋咸平五年（1002），加上敦煌石窟北区近年考古发掘出土的西夏文、回鹘文、藏文、蒙文（含八思巴文）、梵文（含婆罗迷文）的元代佛教典籍以及叙利亚文《圣经》摘录等文献，它的起止上下限与敦煌石窟的开凿基本同步，也历时千年。这些文献以多种文字的写本为主，还有少量印本。约占 90% 的佛教典藏著作不仅充分展示了敦煌地区活跃的佛教文化背景和诸家争鸣、并存的良好文化氛围，佛教文献本身还具有极为难得的拾遗补阙和校勘的历史文化价值。而道教、景教、摩尼教典籍和古藏文、粟特文、于阗文、回鹘文、梵文佛教典籍，从一个侧面反映多元文化交流的面貌。其他文献虽总量不大，内容却极为丰富，涉及政治、经济、军事、地理、民族、语言、文学、教育、天文、历法、算学、医学、科技、美术、音乐、舞蹈、体育等，几乎包

● 1965 年，樊锦诗参加山丹县社教

含了中国古代社会文化的各个方面,而且文化内涵远远突破了敦煌本身的地域局限,足以代表中华文明及与西方文明的文化交流背景,因而堪称中国古代的百科全书。

"敦煌是永远读不完的,无论你读书万卷还是学富五车,在敦煌面前,你永远是个才疏学浅的小后生。"谈起莫高窟来,樊锦诗发自内心的笃定。

"我有想过离开莫高窟,若是说没有想过离开的话,那是假话了,我确实是有想离开过莫高窟的。"西北的生活,使得樊锦诗逐渐淡忘了都市,淡忘了一切和城市有关的生活。

出乎意料却也是命中注定,她最终,还是没有走。

第二个孩子出生后,樊锦诗到武汉休了一段时间产假,可与家人团聚时,她内心深处却不时浮现出千里之外的洞窟,令她搁不下、放不下。她在心中告诉自己,不要再去想千里之外的敦煌和莫高窟了。此刻与家人团聚在一起,便是最好的现世安稳。但鬼使神差般的,看过的那些壁画,那美妙的画面、绰约的风姿,却一幅幅地浮现于眼前。这让樊锦诗意识到,随着在敦煌工作的时间越来越久,她逐步适应了在敦煌的生活,随着对敦煌石窟价值认识的逐步深入,她对敦煌产生的是难以割舍的感情。而她最终也明白了一件事:若一个人的心灵居无定所,则此生终会颠沛流离、"无枝可依"。

长期两地分居,彭金章知道妻子对于莫高窟的痴恋。许是看穿了妻子内心的挣扎,1986年,他做出了调来敦煌研究院的决定,成全妻子。至此,距离他们结婚已经整整过去了19年!在这段时间里,彭金章一边忙于事业,一边照顾和教育孩子,全力支持妻子的事业。

回想起老彭,樊锦诗曾经多次说过,到最后如果没有老彭放弃自己的事业来到敦煌,来到自己身边,她就不可能会一直在莫高窟坚持下去。

如果没有2008年丈夫的生病,现世安稳的日子,幸福还能更绵长。2008年秋天,彭金章被确诊为直肠癌。丈夫生病后,都是樊锦诗在照顾,她深感自己做得太少了,这一生都是丈夫在照顾她,家务事都是丈夫在做。从2008年到生命最后的时光,樊锦诗跟彭金章一起相伴走过几个地方,但因为有时候工作太过繁忙,出门转转也很难酣畅淋漓。

2017年,丈夫老彭第二次生病,确诊为胰腺癌,而这个病的医治是一项世界级的难题。在6个月的治疗期内,樊锦诗天天往来于医院和住处,尽量陪伴着挚爱的丈夫,在查阅资料的时候她逐渐明白,胰腺癌是不治之症。后来有一天,医生告诉樊锦诗:时间不多了。丈夫离开的那天,等樊锦诗赶到医院,彭金章已经昏迷了,她呼唤:"老彭、老彭!"听到这话的丈夫,流下了眼泪。

彭金章去世后,樊锦诗又回到了敦煌。老彭的离世留给了樊锦诗无限的悲伤还有愧疚,她时常会觉得,如果丈夫在世的时候能够一起多出去走走看看该多好。她还时常自责,自己不是一个好妻子、好母亲,因为工作顾不上,两个孩子出生后都被送走了,没有尽到一个母亲的职责,孩子想见她一面都见不到。虽然孩子们在成年后理解了自己的母亲,但是她回想起往事,却总是内疚不已。而丈夫彭金章又当爹又当妈,承担起了所有照顾孩子的责任，担起了整个家。这样好的老彭，让樊锦诗时常怀念："我感觉他到今天还没走，还在支持我。和我一起守护着莫高窟。如果不是他的理解和支持，我不可能一直坚守在莫高窟，这样好的丈夫再难找到了。他好像一直没有离开我，还在陪着我、守护着我。"

让莫高窟成为真正的世界遗产博物馆

一到春日，莫高窟的风沙便嘶鸣作响。风沙带来的自然侵害、水的入渗还有可溶性盐物质的侵蚀等，日积月累地侵害着莫高窟。气候变化也在潜移默化地发生着：如果说独特的干旱气候条件让莫高窟得以保存千年，近几年来，西北地区原本干旱少雨的气候似乎在逐渐向暖湿化靠拢，2019年，莫高窟就因为暴雨而两度关闭。

总有一天，这些洞窟会消失，莫高窟的守护者们，是在和时间赛跑。

成为敦煌研究院院长之后，保护莫高窟的重担责无旁贷地落在了樊锦诗瘦弱的肩上。只要敦煌洞窟存在，就永远要去保护它。时代在进步，文物保护的科技手段和方法更多了，随着人们对莫高窟认识和理解的深入，文物保护的起点和目标也随之更高。

谈到文物保护，樊锦诗脑中顿时出现了一系列十分严格的"条条框框"。樊锦诗曾谈道，莫高窟的保护必须是完整的，不能选特定时代保护，比方说只保护唐代的。在莫高窟，不管是哪个时代的文物，通通要保护。保护也不能人为去洞窟里肆意增添，那并不能叫作保护。保护还要考虑洞窟环境的完整性。所有的洞窟遗址，都是生长在特定的环境之中，在做文物保护的时候，必须要考虑到文物和周边环境的一体性，还要少干预。如果壁画是稳定的，最好不动它。修的基础，在于你必须对壁画有充分的了解，必须能搞清楚病害的原因。

文物保护，很难有容错率，要考虑得很周全，不能伤害到核心。换言之，文物保护者需要替文物做选择，也需要对文物负责任。科学保护，数据说话。文物保护就像是吃饭，从吃饱，到吃好，保护完要让人觉得没有人工干预。

樊锦诗下定决心：一定要让敦煌莫高窟这个不可移动的遗产得到有效保护，让它成为真正的世界遗产博物馆。保护、研究莫高窟是国家交给我们的使命，莫高窟人是有担当的。

樊锦诗始终在思考，如何更有效地做好敦煌莫高窟的保护工作。经过数十年的抢救性修复保护，樊锦诗和敦煌研究院的研究人员发现，过去一些修复过的壁画又重新产生了病害。壁画由泥土、矿物颜料、动植物胶制作而成，受风沙侵蚀、地质灾害、洞窟小环境温湿度波动等因素的长期影响，容易产生酥碱、空鼓、起甲等壁画病害，无声无息地侵蚀着这座文化宝库。如果莫高窟被破坏，将无法替代、不可再生。

研究人员们开始对壁画制作材料、病害机理以及保护修复材料和工艺进行深入研究，揭示了环境对壁画造成破坏的规律和原因，对壁画病害的产生机理也有了较为深入的认识，逐步走向针对不同壁画病害，采用不同修复材料和工艺的科学系统的修复保护。经过长期不断的研究探索，已经形成一整套壁画保护的技术和规范，使石窟壁画的修复从过去的抢救性保护，发展到形成科学保护体系，使莫高窟许多洞窟的病害壁画得到科学的修复保护，延缓了病害产生的速率，同时也推动了国内壁画保护科学技术的进步。

规范的预防性保护是现代世界文物保护的发展方向。科学合理的预防保护可以延缓壁画衰变的过程，客观预判分析各种自然因素破坏，以及游客参观给壁画保护带来的风险因素，从而预防各种病害的发生。

当大量壁画得到科学保护之后，樊锦诗和研究人员又将目光投向预防性保护，进一步建立起防止环境对壁画本体造成损害的预防性保护体系。由樊锦诗牵头、敦煌研究院开展了以"莫高窟游客承载量研究"项目为代表的预防性保护研究。研究结果表明，壁画所处环境的温度、相对湿度和二氧化碳阈值，只要处在安全范围内，就会大大降低壁画毁坏、衰变的速度。

为此，敦煌研究院在国内文博界率先开展合作，采用物联网技术，建立石窟预警监测体系，采用各种监测设备，对窟外环境温湿度、降雨量、岩体裂隙、沙尘、洪水、地震等进行监测，实时获取危害岩体和洞窟壁画安全的风险因素的变化数据，并采取必要措施预防文物本体灾害的发生。在所有开放参观洞窟安装温湿度和二氧化碳传感器，实时监测洞窟内温湿度和二氧化碳的变化。建立敦煌石窟监测中心，整整一面墙的屏幕可切换展示每个开放洞窟的环境变化数据。洞窟相对湿度或二氧化碳一旦超标，监测系统会自动报警，并通过管理措施使开放洞窟暂停开放，得到"暂时"休息。如遇极端气候，也有停止开放等相应的管理措施。

樊锦诗始终坚持的一个理念是，文化遗产需在保护好的前提下合理利用，在开放利用中加强保护。只有做好文物保护，将其贯穿于开发与利用的全过程，方能形成保护与发展的良性循环，保证文物的可持续利用。"通过传感器将数据汇总，传到监测中心，再传到管理部门。经过常年监测，积累了无数的数据，最后通过数据看壁画的状态稳定不稳定。用风险管理这种理论，搞预警的防护体系，所以洞窟里要监测，外面的大环境也要监测。"樊锦诗说。

除依靠科技，樊锦诗还提议和推动制定了《甘肃敦煌莫高窟保护条例》和《敦煌莫高窟保护总体规划（2006—2025）》。2002年，樊锦诗推动制定的《甘肃敦煌莫高窟保护条例》（以下简称《条例》）专项法规，经甘肃省人大常委会审议后颁布实施。《条例》为莫高窟的保护、利用与管理提供了强有力的法律支撑。《条例》除了规定敦煌莫高窟的保护应当坚持"保护为主、抢救第一、合理利用、加强管理"的方针外，还应当纳入甘肃省国民经济和社会发展计划及敦煌市城乡建设总体规划；《条例》将敦煌莫高窟保护范围分为重点保护区和一般保护区，重点保护区内必须保持石窟及其原有的环境风貌，不得新建永久性的建筑物、构筑物；对开放洞窟采取分区轮休制度或者限制游客数量；各级人民政府及有关部门应当积极采取措施收集流失的敦煌莫高窟文物。

1999年到2002年，敦煌研究院与国内外科研机构合作制订了《敦煌莫高窟保护总体规划（2006—2025）》（以下简称《规划》）。《规划》在对莫高窟文物本体及其环境的保护、保存、利用、管理和研究分别做出系统科学评估的基础上，制定出总体规划的目标、原则和实施细则，为保护、利用和管理莫高窟提供了专业性、权威性、指导性的依据，至今已有效实施了10多年。

实现敦煌文化艺术资源数字化共享

保护文物的同时，如何将世界文化遗产的价值准确地传达给大众。樊锦诗经常告诉身边的人："洞窟讲解员这一环节很重要，他们的素质决定着遗产价值能否被更好地展示给世人，一定要常讲常新，要把学到的知识融会贯通之后，再给游客讲出来。"

这几十年来，敦煌研究院先后委托国内外机构和各大院校对讲解员进行专业培训达380多人次，每年冬天还有近40人到全国的石窟考察学习。这几十年，敦煌研究院依托本院得天独厚的学术平台优势，组织长期坚守敦煌、潜心研究石窟的专家学者为讲解员做专业辅导近300场次，让他们及时分享到最前沿、最新的学术成果。樊锦诗认为："讲解员应该多出去学习，讲敦煌怎么能不知道龙门石窟、云冈石窟！"今天，这支弘扬优秀传统文化的队伍已经培养出了能分别用日语、英语、法语、德语、韩语、汉语6种语言讲解莫高窟的优秀人才。

"嗅觉"敏锐的樊锦诗，总是能够在工作中发现各种各样的问题。在担任敦煌文物研究所副所长的时候，樊锦诗想为敦煌石窟建立"科学记录档案"。考古出身的她认为，应该给每个洞窟做一份记录档案。而在制作档案的时候，必然要去翻找过去的老照片和历史资料做对比，当看到1908年由法国人伯希和拍摄的《敦煌石窟图录》时，樊锦诗震惊了：这和现在所见到的壁画等文物是两个世界。

照片、录像即便做成档案，依然没法永久保存。樊锦诗有些着急，难道没有什么办法，可以将壁画永久保存起来？她苦思冥想，费尽心思和心力。吃饭想，睡觉想，工作想，思考其他事情的时候时不时也会想。

无果的思考，令樊锦诗犯了难。

"更进一步讲，我们文物工作者不能为了保护而保护，而是要在保护好的前提下合理利用。作为传统文化的传承者，我们的责任之一就是要去研究、挖掘历史文物的价值。"樊锦诗说。

千百年后，如果莫高窟已经不在了，如何让后世子孙看到莫高窟，如何让后世子孙能够再亲眼看到这样精美的世界文化遗产，如何能够实现莫高窟的"永久保存、永续利用"呢？想想自己肩上的重任，想想每一天都在或是快速或是缓慢产生着病害的壁画和彩塑，樊锦诗忧心忡忡。

有心人，天不负。一次偶然出差北京的机会，让樊锦诗接触到了电脑。那时候电脑和计算机技术还并不普及，使用者告诉樊锦诗，照片转化成电子图像，可以用数据的形式一直保存下去。虽然不懂电脑，可心心念念

文物保护的樊锦诗,却敏锐地捕捉到了这一信息:一种实现莫高窟永久保存的新的可能性。她顿时"灵光一现":为何不尝试着使用这种新的技术去实现壁画的"永久保存、永续利用"呢?

有想法不难,难的在于如何实现。幸运的是,莫高窟人从来不畏难。从常书鸿到段文杰,一代代老先生克服了一个个看上去不可能克服的困难,让在沙漠中黯淡失色的莫高窟重现光彩,眼前的这点困难,又算得了什么?敦煌研究院开始了"数字敦煌"的实验。发轫于数字技术的联想,像是车辆行驶在了一个正确的高速轨道上,现在所要做的,就是想清楚去哪里,以及如何去的问题。

1998年年底,敦煌研究院先是积极寻求了国际合作,与芝加哥的西北大学合作,运用当时较为先进的数字技术完成了22个75DPI(分辨率)采集精度的莫高窟典型洞窟的数字化,还制作出了5个虚拟洞窟。但是,这仍然达不到樊锦诗的要求和标准,且和设想的实际效果有较大差距。为了实现心中的梦想,为了对得起自己肩上挑起的责任,2006年4月,敦煌研究院成立了数字中心。对洞窟数字化的过程中遇见的问题,敦煌研究院发现一个解决一个,持续攻关,进行试验和探索,成功地实现了在不伤害壁画的大前提下,采集到高质量洞窟数字照片的难题。

樊锦诗认为,"数字敦煌"是完整、真实、可持续地保护好敦煌石窟,并传给子孙后代的。一方面,通过数字化的敦煌壁画信息库建设,能够真实地将敦煌莫高窟

● 2009年8月,樊锦诗在莫高窟第85窟指导敦煌壁画数字化工作

● 球幕电影《梦幻佛宫》

● 主题电影《千年莫高》

● 莫高窟数字展示中心外景

壁画的现状封存下来，真实保存壁画信息，将分散在世界各地的敦煌文献、研究成果以及相关资料建设成为数据库档案；另一方面，洞窟、壁画、彩塑以及与敦煌相关的一切文物成为数据资料之后，即使实物退化或者磨灭，它还在。

借助科技的力量，在各合作单位的共同努力下，敦煌研究院已完成270余个洞窟的图像采集、170余个洞窟的图像处理，原本在自然光中看不清楚的细节、被建筑遮挡的壁画，都得以清晰地呈现出来。此外，完成了160余个洞窟的VR（Virtual Reality，虚拟现实）节目制作，全景式360°拍摄；完成莫高窟、榆林窟、西千佛洞三处大遗址外景三维重建；完成4.5万张底片数字化，等等。所有数据都按规范建立数据档案，这不仅推动了敦煌保护迈上一个历史性台阶，也推动了敦煌学的国际交流，为敦煌学研究助一臂之力。

如今，来到莫高窟的数字展示中心，人们能观赏到的数字球幕电影《梦幻佛宫》，就是"数字敦煌"的产物之一。这部全球首部以石窟艺术为表现题材的超高清 8K 数字球幕电影，时长 20 分钟，影片对莫高窟最具艺术价值的 7 个经典洞窟进行了全方位的展示。

樊锦诗说："我们自己花钱制作了两部电影，一部就是数字壁画的球幕电影《梦幻佛宫》，让大家身临其境地感受洞窟的模样。而另一部要告诉游客，为什么在这个地方建成洞窟，告诉他们莫高窟的由来。补充上这些历史的、文化的东西，来给数字展示中心的游客做一个全面和背景性的介绍，帮助他们理解莫高窟，主题电影《千年莫高》便承担了这项任务。看完这两部电影，游客对莫高窟大致有一个印象和观感，再进入实体洞窟参观，有助于游客的体验，也可以有效地减少他们在洞窟内的逗留时间，减少对文物的影响。"

敦煌研究院文化弘扬部部长李萍回忆，2004 年，当游客数量达到 40 万人次的时候，樊锦诗院长就果断地提出了利用数字手段建设数字展示中心的想法。可以说，樊院长花了 10 多年的时间和心血做游客调查、参观预约，以超乎想象的毅力在 70 多岁时完成了数字展示中心的建设。现在来看，如果没有这个数字展示中心，没有形成莫高窟参观的新模式，莫高窟是难以顶住超大客流的压力与挑战的！

"实现敦煌文化艺术资源在全球范围内的数字化共享"，这是习近平总书记对敦煌的鼓励和期许。"数字敦煌"使文物"活起来"，从洞窟中走到无法来到敦煌的大众身边，走到世界不同国家和地区，实现敦煌文化艺术的全球共享。"数字敦煌"展览中，观众可以戴VR眼镜展开洞窟虚拟漫游；1∶1实景洞窟三维模型的构建，将远在大漠中的千年瑰宝展现在世人面前；"数字敦煌"上线，全球网民只要轻叩鼠标，就可以进入"数字敦煌"资源库，欣赏敦煌动画，高速浏览超高清分辨率图像，并对30个洞窟展开720°全景漫游。

敦煌研究院在保护好文物的前提下，科学合理地为旅游开放创造条件。为充分发挥莫高窟的教育弘扬传承功能，精心挑选了不同时代、不同窟型的典型彩塑和壁画等代表性敦煌艺术向游客开放，使游客在短时间的观赏中能看到洞窟的精华。为使游客能深度观赏，还在莫高窟建设了博物馆和藏经洞陈列馆，进一步解读莫高窟的文化价值。敦煌研究院还通过数字敦煌使敦煌文化艺术走出洞窟、走出敦煌、走出甘肃、走出国门，多次在国内外举办敦煌艺术展览、敦煌壁画艺术精品高校公益巡展，走近大众。通过运用新媒体平台讲好"敦煌故事"，让辉煌灿烂的中华优秀传统文化的世界影响力越来越大，积极推动敦煌文化研究服务共建"一带一路"。

考古报告终于做出来了

对于樊锦诗来说，在敦煌的多项工作中，有一项她一直是在"还债"。樊锦诗还记得，当初她去敦煌工作前，北京大学历史学系考古教研室主任苏秉琦先生特意找她谈话,叮嘱她到敦煌后要完成敦煌石窟考古报告,并告诉樊锦诗,这很重要。

这份石窟考古报告却一直"难产"。最初,樊锦诗刚到敦煌工作的时候,主要的工作任务就是从事石窟考古,特别是要做好这个考古报告。"文革"期间,莫高窟各项事业处于停滞状态。在"文革"后的20世纪80年代初,樊锦诗已经到敦煌工作了20年,一直以来考古报告也没有什么进展,她的内心非常焦虑。20世纪以来,包括敦煌研究院在内的国内外敦煌学各研究领域和专家,取得了很多研究成果,仅敦煌研究院研究介绍敦煌石窟的出版物就有两百多种。然而,还没有一部科学、完整、系统地著述敦煌石窟全面资料的出版物。工作20年后,老师们提出来的问题对樊锦诗来说仍然是一个空白。

尽管在樊锦诗的内心,一直记得这份敦煌石窟考古报告,但等实际操作起来,考古报告的困难程度超乎樊锦诗等人的想象。这主要是因为,莫高窟的价值非常宝贵,里面蕴含的文化价值财富更是无价之宝,浩如烟海。出一本全面、客观的石窟考古报告是非常困难的。

因为莫高窟的不可移动性,留存到今天的洞窟数量庞大。这些洞窟无论进入哪一个,可研究的东西都太多了,壁画中的色彩、绘画风格、服饰,壁画所使用的颜料、彩塑的材质、制作的工艺如何,都要客观、真实地一一记录。研究对象太多,也太过庞杂,真正是"一花一世界",非常复杂。而莫高窟经过千年风雨侵蚀,里面的壁画佛像等文物,都在逐渐变化,是一个动态过程。考古报告的编排和体例、石窟测绘的方法、制作材料的提取

● 樊锦诗在莫高窟第 272 窟考察

和记录等问题,都是莫高窟石窟考古工作中亟待解决的难题。庆幸的是,研究团队人才的补足、跨学科跨团队学术交流的便捷,以及当今科技的飞速进步让出版高水平的莫高窟石窟报告成为现实。

经过跨学科多领域展开学术合作,在确立了合理的编制思路之后,经过多年的沉淀和反复修改确认,终于,在 40 多年后,《莫高窟第 266—275 窟考古报告》出炉了。樊锦诗也总算对自己最初来敦煌研究院时接受的任务有了一个交代。《莫高窟第 266—275 窟考古报告》是国内第一本具有科学性和学术性的石窟考古报告。报告综合考古、美术、宗教、测绘、计算机、摄影、化学等人文和自然学科领域的研究成果和技术编纂而成。该书在洞窟形制、内容和艺术特点等方面提出了新见解;采用三维激光扫描测绘技术和计算机绘图等方法,解决了石窟建筑结构极不规整、彩塑造型复杂的问题,得到了准确的测量数据,实现了石窟考古测绘的新突破,在我国考古

● 樊锦诗在第454窟调查壁画题记

学界处于领先地位;通过图像采集、处理、色彩还原等技术,表现了洞窟结构、彩塑和壁画原建、原塑和原绘及重修、重塑和重绘的细节、遗迹空间和时代关系及制作工艺等,也为其他石窟寺遗址考古报告的撰写提供了借鉴。

  1963年,樊锦诗来到敦煌工作,2011年才出版了《敦煌石窟全集》第一卷关于第266—275窟的考古报告。40多年来得一卷,虽然周期有些长,但令人欣慰的是,考古报告的出版,得到了国内外学者的认可。敦煌研究院党委书记赵声良如是评价这份考古报告:以樊锦诗为代表的文物工作者经过数年的努力,完成了《敦煌石窟全集》第一卷《莫高窟第266—275窟考古报告》,不仅对洞窟内容做了详尽而客观的记录,而且在敦煌石窟的考古研究上具有多方面的突破,在洞窟中的主题内容考订以及时代的推断等方面都取得了令人瞩目的成果;同时采用数字化扫描等最新科技进行测绘图的制作,参考碳-14探测技术进行年代分析，体现了考古学与科技的结合。按敦煌研究院的计划，全部敦煌石窟的考古报告将会编撰成100册。在敦煌学已发展了100多年之后，石窟本体的考古报告才完成了第一部，反映了其艰巨性，但毕竟经过长期探索，形成了一定的规范，为今后的石窟考古研究开辟了道路。

这份报告也荣获第七届吴玉章人文社会科学奖优秀奖。吴玉章人文社会科学奖是吴玉章基金委员会为表彰人文科学、社会科学领域有卓越贡献的学者而设立的专门奖项，每5年评选一次。第七届吴玉章人文社会科学奖评奖共从1839项推荐成果中评选出53项优秀成果，涵盖马克思主义理论、哲学、法学、历史、新闻、经济、文学、教育等8个领域，获奖率仅为2.88%。

樊锦诗一向认为，做学术研究不能急功近利，也不能做表面文章，真正的学术研究都是寂寞的。写一篇文章，不仅仅是描述很多别人关于这个领域的研究性成果，最重要的是有突破，提出新观点，写出新东西，否则难以称得上是"研究"。樊锦诗说，在科研中，在做学问方面不要急躁，要脚踏实地去解决问题。"做任何专业都要下真功夫，不怕苦。数据、实验、记录、分析，在我看来就是要坐'冷板凳'，就是这样单调枯燥的钻研，只要你坚持，一定能有所得。"

第一卷考古报告已出炉，但这只是开始。樊锦诗说，敦煌考古报告要全出完，几辈子可能都做不完。这个事情非常复杂，一群人是做不完的，需要一代一代的人接着去做这件事情。如今，已经退休的她，对这项工作仍然十分牵挂。

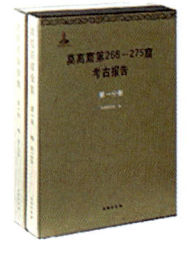

●《莫高窟第266—275窟考古报告》书影

勇于担当 勇于说"不"

作为莫高窟守护人,每当遇到难题,瘦弱的樊锦诗却显得"力大无穷",或许这可谓之信念:用初心撑起担当。

2014年8月21日,国务院印发《关于促进旅游业改革发展的若干意见》(国发〔2014〕31号),明确了增强旅游发展动力、拓展旅游发展空间、优化旅游发展环境等重点任务。让樊锦诗没有想到的是,这之后不久,驻地政府委托有关单位编制出台了《敦煌莫高窟—月牙泉大景区建设规划》。整个规划设计目标以旅游为核心,将莫高窟纳入其中,认为莫高窟不应该由敦煌研究院管,应该归当地政府管理,而当地政府将派出机构统一行使对大景区范围内土地、文物、森林、水利等所有资源资产的保护管理和统筹开发,组建的大景区旅游投资公司则将通过交纳景区资源有偿使用费获得景区的经营开发权。

《敦煌莫高窟—月牙泉大景区建设规划》出台后,不时有人提醒她说"大景区"是势在必行,大势所趋。接下来,樊锦诗便在《甘肃日报》上看到了刊登出的《甘肃丝绸之路经济带建设大景区总体规划纲要》,提出到2020年,甘肃省将建成年接待游客达到300万人次以上的20个大景区,成为甘肃全省旅游业的重要支撑和第三产业的重要增长极。为达到这一目标,该纲要确定了两步走战略,即到2017年,率先建成百里黄河风情线—锦绣丝路园、敦煌莫高窟—月牙泉、崆峒山、嘉峪关、麦积山、张掖丹霞、黄河三峡、敦煌阳关—玉门关等8个大景区。

另有媒体报道称，甘肃省政府发布的《关于促进旅游业改革发展的意见》指出，要整合组建大景区管理委员会，对景区统一规划统一开发，市（州）政府依托大景区管理委员会组建旅游开发公司；要实施大景区建设工程，在 2017 年率先初步建成敦煌莫高窟—月牙泉等 8 个大景区。

关于莫高窟是否成为大景区的纷争也引起了媒体的广泛关注。2015 年 6 月 17 日，界面新闻发表的《敦煌石窟将被旅游投资公司经营开发 游客暴增威胁壁画》文章称，递交规划策划的企业建议在莫高窟周边建立旅行拖车公园、带汽车影院的露营地、一个葡萄园和酒窖，以及在沙丘和洞窟之间建一个有配套酒店、购物中心、博物馆、表演场所、餐厅、酒吧和影院的"丝绸之路村"。理由是，缺少配套酒店、娱乐设施、大型购物区和大巴停车场会成为莫高窟周边建景区的弊端。同时，预计大景区建成后，游客数量将呈规模性增长，与此同时收入也非常可观。策划者估算，"敦煌莫高窟—月牙泉大景区"将在 2017 年实现游客接待量 213.13 万人次，旅游收入 4.96 亿元；在 2020 年实现游客接待量 273.46 万人次，旅游收入 7.61 亿元。这个消息也引起了业界和社会的关注，许多和樊锦诗持同样观点的文物保护界人士纷纷站出来表达自己的观点，那就是莫高窟必须以保护为先。

莫高窟，是著名的世界文化遗产，也是常书鸿、段文杰等几代人为之倾注心血、汗水甚至付出生命的地方。如果真的改变莫高窟的管理体制，将莫高窟的旅游开发交由企业管理，那便是注重短期的利益而只看眼前不看

长远，莫高窟在人类文化史上如此珍贵、如此独一无二，有着无可比拟的文化价值和文化地位。樊锦诗很是担心，如果进行大规模商业化运营，必然会把保护和旅游开发割裂开；如果不是以保护为优先，将文物保护放在第一位的话，像莫高窟这样珍贵脆弱的文化遗产，多少代人为保护莫高窟所做的这些事情，将会无法持续。那段时间，樊锦诗心里发凉，她特别害怕大景区的事情成为现实，像敦煌莫高窟如此珍贵、如此脆弱的世界文化遗产，保护应是第一位的，不应该和其他的景区按一种模式、一个标准进行管理，甚至不受限制地进行旅游开发。这不符合实际呀。

敦煌研究院负责保管莫高窟，这是《中华人民共和国文物保护法》规定的文物管理体制。莫高窟为企业所管理——一定不能让这样的事情发生！再三思量，作为一名党员，樊锦诗决定向领导如实反映情况，并提出自己的意见。于是，她以个人的名义给甘肃省领导写了一封汇报信。在信中，樊锦诗清晰地指出了莫高窟文物在全国乃至全世界具有独特性和唯一性，应由专门机构负责保护管理，并建议对世界文化遗产与其他景区加以区别，保持敦煌研究院管理莫高窟的现行体制。她的陈述说明有理有据，都是从现有的文件精神出发，并在信的每一条理由后面和信后的附件，引用法律和事实加以说明。

这个消息引起了国务院参事室的一些参事和中央文史研究馆的一些馆员的注意。他们从网上看到莫高窟将被并入大景区，交旅游局统一管理的消息后，就专门派人赴甘肃调研。这次调研非常认真和审慎，他们跑了相关的部门和敦煌研究院，经过调研形成并向国务院提交了正式的关于莫高窟的考察报告。这份报告得到了国务院的重视。这之后，甘肃省委领导很快就做出了莫高窟管理权属于敦煌研究院的批示。

樊锦诗不禁松了一口气，有国家的支持、同事和专家的帮助，让莫高窟的管理得以维持现状。从下决心扭转局面、保住莫高窟保管的现行体制的第一天，到事情最后得到圆满解决的那段日子里，她瘦了整整10斤。她听到了种种不同的声音和意见，很多都是冲着她个人来的。有一种声音，说她做事情不识大体，没有考虑地方经济发展的大局，还有种种批评她狭隘的观点。甚至有一些人认为她是反对旅游。樊锦诗很郁闷，她不是反对旅游，但是话语往往被曲解和片面化理解。事实上，为了让游客看懂、游览好莫高窟，敦煌研究院的人们做了无数的工作。有一个事例可以说明问题，敦煌研究院负责的莫高窟遗址旅游开发与管理工作，被联合国教科文组织世界遗产委员会评选为世界遗产旅游管理的最佳案例和国际上践行《保护世界文化和自然遗产公约》的最佳案例。

质疑声让樊锦诗承受了很大的压力，这可能是她职业生涯中遇见的最棘手的事情了。可是，她的内心是通透的，也是笃定的。因为她明白，如果专业的事情不交给专业的人去做，是做不好的。旅游文化公司是否懂得保护？有专门的人才队伍可以承担文物保护的职责吗？在如何处理文物保护和旅游开发的矛盾方面，敦煌研究院一直在努力，并做了许多非常有益的尝试，比如建设数字展示中心。试想，如果这一切都交给没有管理经验的企业来管理呢？一旦莫高窟以发展旅游为目的进行开发，将难以保证莫高窟得到真正意义上的保护。如果只是考虑文化遗产的经济价值，而忽视其中更加重要的文化艺术价值、科研价值，那么等于是丢了西瓜捡了芝麻。世界文化遗产之所以珍贵是因为它们本身非常有价值，独一无二，这种珍稀是人类文明史的结晶。而一旦这种文化价值被用来商业化消费和使用，那么注定是无法持续的。这样独特的世界文化遗产，在开发中，更应该考虑它的可持续发展，否则发展便是竭泽而渔式的发展，会带来难以估量的损失。

冬日的莫高窟，沙海茫茫，莫高窟和周边的自然环境完美地融为一体。那些可能发生的修建和营造都没有发生。正是莫高窟人的责任和担当，才有了现在保护完好的敦煌莫高窟。正是有从常书鸿先生，到段文杰先生，一代代莫高窟人的坚守与奉献，才有了今天"敦煌在中国、敦煌学在世界"的新格局。这也说明把莫高窟完全按照商业价值和逻辑来运转是不行的。樊锦诗说，只有尊重历史和事实，才敢于讲真话。既然是我做这个院长，就要对莫高窟负责。为了让莫高窟文物能够切实地得到保护，能够让莫高窟和周边环境完整地传下去，一定要竭尽全力。

为了保护莫高窟，她把相关的文物保护的法律法规全部研究了一遍。她提出的意见，都有法律和法规的支持和支撑，有理、有据、有节。

更加可贵的是，她的坚持体现的是莫高窟人的担当精神和担当意识。站在樊锦诗的立场上考虑，以下级的身份来顶住这样的政府行为需要多么大的勇气，但是她没有畏惧，除了对洞窟的爱和守护，她站在了一个更高的视角上来看待这个问题：这是世界文化遗产，是全人类的精神财富和精神食粮。每个人存在于世界上的时间都是有限的，可承载人类精神文明符号的世界文化遗产莫高窟，无疑能够存在得更加久远，保护好莫高窟，就是在守护我们全人类的精神财富。

时隔多年再次回想起这件事，樊锦诗内心依旧坦荡。作为院长，她没有私心，所以腰杆子很硬，她也确实扛起了保护的历史责任，没有将"勇于担当"变成一句空话。

樊锦诗说，2016年4月，在全国文物工作会议上，习近平总书记明确指出"保护文物也是政绩"，要"统筹好文物保护与经济社会发展，全面贯彻'保护为主、抢救第一、合理利用、加强管理'的工作方针，切实加大文物保护力度，推进文物合理适度利用，使文物保护成果更多惠及人民群众。各级文物部门要不辱使命，守土尽责，提高素质能力和依法管理水平，广泛动员社会力量参与，努力走出一条符合国情的文物保护利用之路，为实现'两个一百年'奋斗目标、实现中华民族伟大复兴的中国梦作出更大贡献"。这让她内心更加坚定，增添了要把莫高窟保护好的信心。

2018年年底，庆祝改革开放40周年大会上，樊锦诗被中共中央、国务院授予"改革先锋"称号。2019年1月4日，《中国文物报》同期同时推出《改革先锋——文物有效保护的探索者樊锦诗》《改革开放精神是当代敦

● 樊锦诗荣获"文物保护杰出贡献者"国家荣誉称号

煌文物人最鲜明的精神标识》《改革开放四十年的敦煌故事》三篇文章。这三篇文章回望40年,梳理以樊锦诗为代表的敦煌文物人创造的属于自己也属于时代的光辉业绩,激扬敦煌文物人改革开放精神力量,书写精彩敦煌故事。这掀起全年对樊锦诗和敦煌文物人的宣传报道热潮,樊锦诗和敦煌研究院由此进入高光时刻。

2019年9月29日,中华人民共和国国家勋章和国家荣誉称号颁授仪式在北京人民大会堂隆重举行,樊锦诗获得"文物保护杰出贡献者"国家荣誉称号。

面对荣誉,樊锦诗始终保持一份淡然的心态。"从常书鸿先生到段文杰先生,再到我,我不过是个接力棒,不能把一个不好的棒传下去。"樊锦诗说,敦煌莫高窟太重要了,我们不过是做了一点事,就那么一小段,所以应该把它做好,对国家、对人类、对子孙后代负责。敦煌研究院这么多年几代人的努力，做到今天这个地步，不容易。前面任重道远，还要加倍努力。

敦煌的学术史中，始终有一群人在从事最基础的研究工作。历史赋予他们的学术使命就是铺设研究的地基，这犹如为一座城市建造地下工程，它不为人见，也不起眼。当年，很多老先生就是这样，一代代的，前仆后继。像常书鸿先生，他是留学回来的，本来好好地待在中央美院（当时叫"北平艺术专科学校"），但他来了就没走。段文杰先生开始是想来看看，也没有人强迫他，最后他也留下来了。很多老先生都是自己甘愿来的。他们都默默无闻，甚至耽误了子女上大学，令人感动。这不就是甘于奉献吗？把自己的一生放在这儿。现在很多年轻人也是，他们到哪儿工作是自己选择的，结果他们不选别的地方，只来敦煌。

"我认为敦煌是至高无上的，而我们多么渺小。敦煌是历时千年的文化瑰宝，我做了17年院长，加上做副院长也不过三四十年，跟一千年能比吗？"如今，尽管已经退休，在别的老人颐养天年的年岁，80多岁的樊锦诗会去食堂打上一份简单的清粥小菜，吃不完就拿回去吃，反正不能浪费。她一向简朴，衣服都是穿了又穿、补了又补。她的工作还是去转洞窟。为了莫高窟，她不停地忙碌着，一刻未得闲。白天想敦煌，晚上梦敦煌。只要一息尚存，就要为敦煌努力。她说，"莫高窟已经成为我生命中不可分割的一部分，能为莫高窟这样一处具有无与伦比价值的世界文化遗产服务是我的荣幸，守护莫高窟是值得奉献一生的高尚事业，是必然要奉献一生的艰苦事业,也是需要一代又一代人为之奉献的永恒事业!一代代的莫高窟人就要守护它,此心安处即是安身处。"

"有人问我,人生的幸福在哪里?"樊锦诗说,"我觉得就在人的本心要求他所做的事情里。真正的幸福,就是在心灵召唤下,成为真正意义上的自我。从大漠中的无人区到世界瞩目的研究院,几代莫高窟人为保护、研究和弘扬敦煌石窟文化艺术,付出了青春和毕生的精力。对我来说,来到这个世界上,该做的事做了、该出的力出了,没有愧对祖先和前辈交给自己的事业,这就是最大的幸福。"

此心归处,是敦煌!

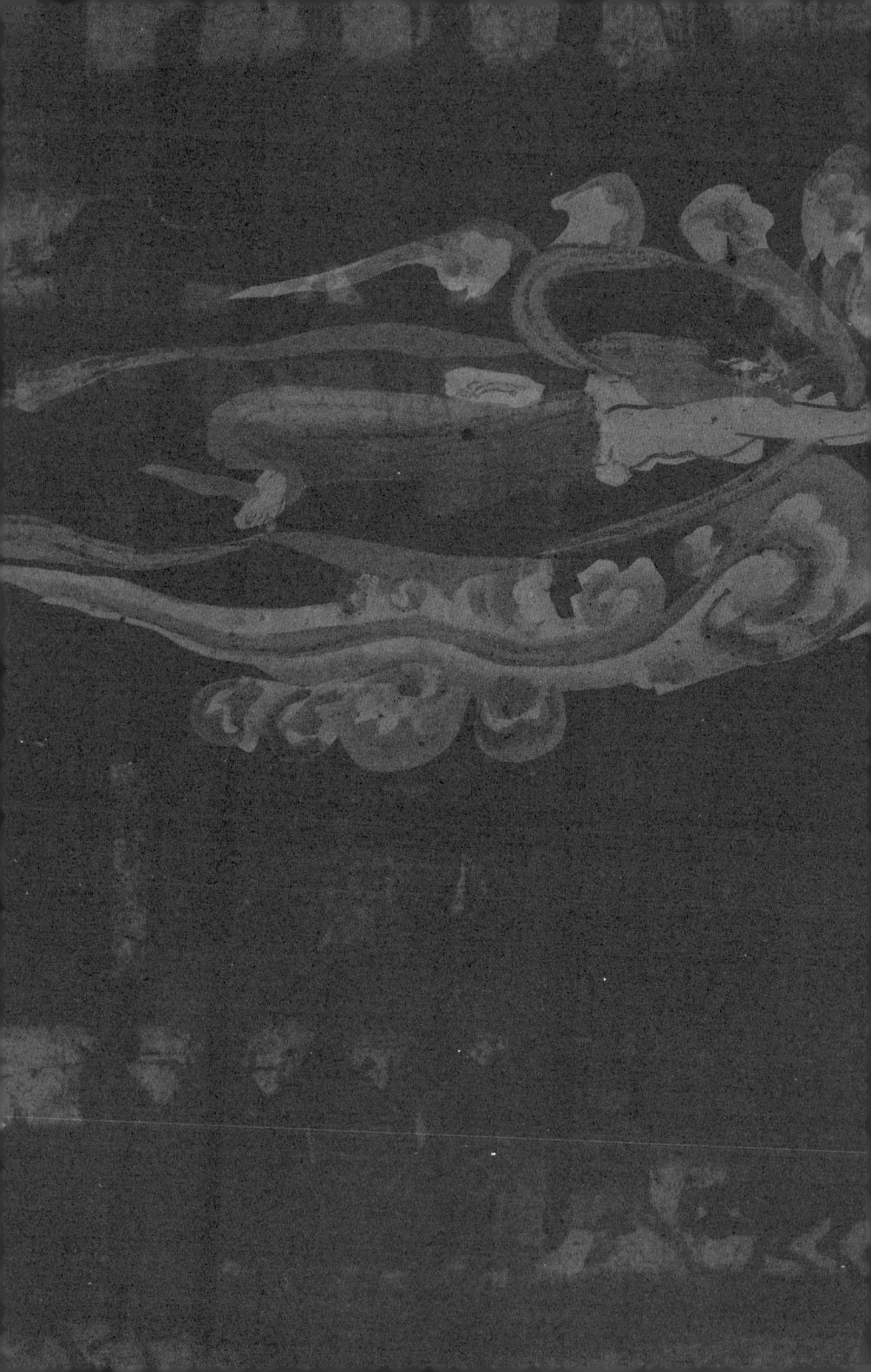

下辑

敦煌工匠

九层楼前
薪火相传

孙儒僩的故事

让石头墙与自然融为一体

> "面对千年瑰宝,我们没有轻易动手,提出试验性加固,要求工程可逆。"

1947 年,一个偶然的机遇,孙儒僩离开"天府之国",来到大漠戈壁,在敦煌艺术研究所从事石窟保护和研究工作。

万里苦追求,相伴赴沙洲。

抗战胜利后,百废待兴,建筑业很兴旺,孙儒僩学的是建筑,从学校毕业之后就一直在建筑行业工作,在成都拿到了不错的待遇和收入。除了不愁活儿干之外,还经常有丰厚的兼职收入,生活甚是安逸。然而,市井繁华压不住青年内心的理想,年轻的他总想着能"做一番事业"。得知敦煌艺术研究所要招一个学建筑专业的人的消息后,孙儒僩带着憧憬前往莫高窟。

初到敦煌,茫茫的沙海像前路一样迷茫,摸不清要做啥子。住的房子里,土桌上有一把茶壶、两个小茶杯、一盏有玻璃灯罩的

敦煌工匠　　　让石头墙与自然融为一体

● 2010年9月13日，孙儒僩重访敦煌

● 莫高窟第 329 窟东壁飞天，初唐

煤油灯，壁角有脸盆架。他随即安顿了下来，酣然入睡。

孙儒僩开始了他的敦煌生涯。天色未明，鸡鸣四起，他就迫不及待想去看洞窟。起床后，他直奔洞窟，先去了九层楼。仰头一看，好大一身佛，让孙儒僩又惊又喜。

大佛窟往北，洞前全是一堆一堆的沙子，掩埋了底层洞窟的一部分，非常荒芜。壁画画满了佛、菩萨等形象，都是白眼睛、白鼻梁，"这不是欧洲印象派的画吗？可是敦煌一千多年前就开窟了，欧洲印象派怎么这么早就在敦煌出现了？"

置身洞窟，孙儒僩仿佛进入了历史殿堂，遥想着千百年来人们在这里仰望膜拜的场景。尽管丰富的洞窟内容他看不懂，但仍被美的艺术所震撼。

就这样，孙儒僩在敦煌安顿了下来。作为研究所里唯一一个学建筑出身的人，孙儒僩很快投入到莫高窟的测绘及壁画中建筑的临摹中。他在莫高窟接到的第一个建设任务，是设计出一座小型陈列馆，并按照常书鸿先生的要求，一部分做陈列，一部分做接待，实现了常书鸿"展室用顶面采光，不用墙面窗户采光"的要求，"因为墙面要用来布展"。尽管设计有难度，可孙儒僩还是通过设计巧妙完成了任务。1948年的秋天，这个陈列馆项目成功完工。

第二年，他又修建了一些宿舍——八九间套间，给志愿前来的苏联专家住。后来这些套间成了敦煌研究院的职工宿舍。

除了修建房子，孙儒僩根据研究所刚成立时测量记录的一些简单的图纸，补充了洞窟的平、剖面图。1948年春天，他开始测量窟檐。测量窟檐很艰辛也很危险。窟檐都在三四层洞窟，距离地面非常高。在栈道梁上搭建个窄窄的门板，栈道的挑梁已经糟朽了，但很粗，人在上面架个小梯子爬上去测量，一不小心就有可能摔下来。测量窟檐的同时，他也把窟檐本身及窟檐上留存的彩画画成图。"白天搞业务，晚上点个油灯练习线描。平时还要薅草、割麦子、喂牲口。"

但是命运似乎不让他好过，时局动荡，更大的困窘在1948年开始出现：货币疯狂贬值，研究所近30个工作人员差不多半年没有拿到薪水。那时，他心生动摇希望能重回四川。

1950年8月下旬到9月初，新中国正式接管敦煌艺术研究所，并更名为敦煌文物研究所。崭新的篇章开始了。敦煌文物研究所百废待兴、急需人才，没走成的孙儒僩，用一封信叫来了后来的妻子李其琼："你愿不愿意来敦煌，和我一起待在敦煌？"

李其琼回信："我愿意！"

在敦煌，早前学习油画的李其琼被辉煌的敦煌壁画吸引，一头扎进了壁画的临摹中，忘我工作。另一边，1952年年底，敦煌文物研究所石窟保护管理组（保护所前身）成立，孙儒僩开始承担实际工作。

1953年开始，他开始承担治沙的工作。孙儒僩与同事修筑了更多的防沙墙，并在治沙的同时，对一些壁画做了抢救性的保护工作。有些壁画的地仗层裂开口子掉了一部分，曾经相连的另一部分可能很快会大面积脱落，他们针对这些壁画做了加固。加固时不动壁画，只在壁画残破掉落的边缘抹点草泥，使已经张口的壁画有个支撑和联系的点，起到了很好的效果，有些直到现在也没有掉落。他们所做的是不伤害壁画的简单处理，刚开始比较粗糙，后来更细致了，抹泥时尽量涂抹光滑，同时在泥面上也抹一些白灰加细土，使色彩协调一些。

清理窟前流沙也是这时期的一项

● 榆林窟第25窟北壁 飞天，盛唐

● 榆林窟第25窟北壁 《弥勒经变》菩萨，盛唐

重要工作。从小牌坊到第 130 窟一段,沙堆连绵。1955 年农历四月初八前,窟前的沙子清理得差不多了——尽管窟前还铺着厚厚的沙子,但是没有忽高忽低的沙堆了。

90 多岁高龄的孙儒僴清瘦,讲到之前的经历,他一字一句讲得很认真,就像他做事情一样,一丝不苟,认认真真,务求精确。尽管现在再回头看,似乎没什么过不去的坎,可时光回到几十年前,青年孙儒僴在敦煌所经受的,是命运的拍打。

1958 年,孙儒僴被打成了"右派",挨批斗,被人指指点点。他心中委屈,但是依然咽下所有的情绪,工作还是照做不误。

1962 年开始,莫高窟开始了大规模的系统性加固

● 20 世纪 60 年代,修复中的莫高窟第 130 窟

工程。戴着"右派"的帽子，孙儒僩带着铁道设计院百余人的勘测队伍返回敦煌，进行加固前期准备工作——地质钻探和地质测量。在设计阶段，他带着专业人员上洞窟查看，把自己所了解的石窟存在的问题一一介绍给了他们。施工设计、队伍安排、供应材料，他一一经手，毫不含糊。每个供电的施工设计完成之后，他和同事都要到现场去论证，然而有时候，由于"右派"身份，正式的会他却不能参加。这样的日子一过就是好几年，他一刻也不敢放松，直到1966年7月。

7月中旬，莫高窟的加固工程大体竣工。孙儒僩本想着能够喘一口气休息一下，却没想到更大的风雨来了——"文革"开始了。1969年，孙儒僩、李其琼夫妇遭受批斗，被开除公职，遣返原籍接受贫下中农监督改造。

从国家工作人员到开除公职，回到故乡新津县的孙儒僩、李其琼夫妇，被安置在了一间上无瓦片下无地板，拴着两头水牛，牛粪和牛尿已经被踏平的牛棚里头，在这里开始了新生活。他们舟车劳顿又回到了故乡，然而当年的少年已不复年轻了。

"隔出了墙、放上些简单的家具，把地垫平、粪便清理出去。"一家五口人分到了三块自留地，开始了挣工分上交公粮的日子。这时候，挑担子成为孙儒僩和李其琼犯难的事儿。最后，两个人轮流挑担子，才把生产的40斤莴笋挑到县城菜市场，以三块多钱的价格卖掉了。这是他们的第一笔务农收入。孙儒僩还运用自己所学习的知识，帮助公社里的生产队修建水渠、灌溉农田和修建水电站，日子也算是渐渐稳定了下来。

1972年冬季的一天，孙儒僩正在忙修水电站的事情，有位来自敦煌的军代表找到了他，说要接他回去。"太突然了，我要跟妻子商量一下，这里的事情也得交代一下。"军代表告诉孙儒僩，莫高窟第130窟上面的一个窟檐的基础掉了，没有人能弄这个事。

要不要回去，这个问题横在孙儒僩和老伴的心上。他们反复商量了很久，没法决定。想着在莫高窟曾经的过去，两人心里有着隐隐的抵触，但他们最终还是决定回到莫高窟。

回去的第三天，孙儒僩立刻投入工作，上到第130窟去查看情况。他看到窟檐东南拐角下的基础垮了一大块，保护组的同事不知道怎么处理。他马上确定了修补方案，但是因为冬天无法施工。在第二年四五月间，他很快修补了窟檐，用了3000块砖石。孙儒僩根据塌方来估算需要的砖石，每一立方米的砖都估计精确到位。

时光一天天流逝，孙儒僩默默地埋头工作着，将智慧、汗水和细心，都倾注在了手头一个接一个的活儿里。

1980年，时任国务院副总理兼科委主任方毅来敦煌文物研究所视察，并委托甘肃省科委关注所里的科研工作，特别是关于壁画、塑像保护的科研工作。从1981年开始连续好几年，敦煌研究院和化工部的涂料研究所围绕三项工作展开合作，其中有一项比较重要，就是对壁画颜料的种类进行彻底分析，找到壁画变色的原因。

涂料研究所要在现有涂料的基础上筛选出适合修复壁画的颜料，这项工作完成得不是很理想。对洞窟颜料的分析，除了从千像塔出土的一些残破的壁画碎片中取

● 1972年,莫高窟第159窟加固壁画工作情况

样外,还需要在合适洞窟内取样,并且满足"无损伤取样"的要求,取样过程中只能用锋利的刀片刮去表层的一点点壁画。通过取样分析,研究人员渐渐弄清楚,敦煌壁画的颜料种类并不是很多,但是经过画家的巧妙调和,得以绘制成多姿多彩的壁画。而壁画变色的颜料大多是铅白颜料,对于铅白颜料,古代的画家都知道要返

铅，就是从白色变成黑色。铅丹则是从红色变成棕色，进一步变色成黑色，窟内有些壁画变色严重，模糊不清，就是铅颜料的特性使然。通过这次常规的科研合作，研究人员对壁画变色问题有了明确的认识。

1980年，甘肃省里拨给敦煌研究院一些经费，指定用于职工宿舍建设。莫高窟的窟区没有太多的土地可以利用了，但是几十套房子孤零零地修在别的地方，用电用水都不好解决，最后所里还是决定在窟区修建。孙儒僩和同事在上寺东南角靠大泉的一片土地上，建了24套职工宿舍。房屋于1981年施工，1982年大家就住进去了。这是研究所几十年来第一次大幅改善职工的居住条件，宿舍装了一个小锅炉供应暖气，小二层有了水电暖。有家室的老职工都解决了住房问题，只有一些单身年轻人还住在单身宿舍。

此外，考虑到长远发展，所里决定对莫高窟周围进行整体规划。孙儒僩给设计人员介绍了莫高窟的整体情况，并带领他们到现在研究院办公区考察。经过讨论，整体规划中，把研究院的办公、住宿都迁移出窟区，将窟区让给游客。那是改革开放初期，他们已经发现来莫高窟参观的游人越来越多了。

1988年，63岁的孙儒僩晋升为研究员。他从事石窟保护多年，但是在此之前，那么多石窟加固工程都不是他设计的，他只是个监理。他一直有一个心愿：自己设计一段石窟保护加固方案。孙儒僩为莫高窟第130窟以南石窟设计了加固方案，但由于他没有工程设计资质，具体方案还得由铁道设计院设计。孙儒僩把方案提交给铁道设计院,其专业性得到设计院的专业人员认可,并根据方案完成了施工设计。

"这就是莫高窟第四期加固工程设计。第四期石窟加固工程共30个洞窟,除第130窟外,其他只有石窟,加固工程比较简单。第130窟前发现了规模宏伟的殿堂遗址,地面花砖墁地,建筑痕迹清晰,有三大开间,进深也是三间。20世纪60年代,许多殿堂建筑遗迹因工程关系无法保留,但第130窟的遗迹规模庞大、保存完好。如果加固工程中不设法保存,实在太可惜了,于是我的设计为遗址加了个顶盖,全部保存且保护遗址(现在第130窟的建筑对原来的又做了改造)。除沙是第四期洞窟加固的一大工程,沙子堆得跟第148窟卧佛洞一样高,于是我们把堆积的沙子全部拉到了河边。1984年冬天,南区洞窟的加固完成了。"说起自己设计的石窟加固方案,孙儒僩滔滔不绝。

也因为这个方案满足了评定职称的硬件要求,1988年,他和老伴都晋升为研究员。

回顾在莫高窟工作的数十年里,孙儒僩长期从事壁画建筑资料的临摹、整理、建筑测绘、洞窟保护和加固工作,参与编写了《敦煌艺术全集·石窟建筑卷》《敦煌学大词典》等著作。他的夫人李其琼,更是临摹了120多平方米的壁画,成为段文杰之外临摹敦煌壁画最多的人。

走在莫高窟的窟区,历年石窟加固工程的痕迹随处可见,石头墙与自然融为一体。如今敦煌研究院的概貌,办公区、宿舍区,一木一石,都有孙儒僩的心血在里面。

● 莫高窟第130窟窟室内景,盛唐。此窟开凿前后用时二三十年;属大佛窟,高28.2米,底部宽17.26米,顶部宽11.95米;覆斗形顶。窟中仅塑一尊弥勒佛坐像,高26米,仅次于第96窟约35米高的"北大像",为莫高窟第二大佛像;因位于"北大像"之南,唐代文献已称其为"南大像"。大佛依崖而坐,双眼微合、略含笑意,神情庄重慈祥;左手扶膝,右手施无畏印,双腿下垂,两脚着地。最具匠心之处在于佛头高7米,微微俯视,巧妙地解决了礼佛者仰视大佛而造成的头小体大的视觉差;也使观者在仰视时,能清晰地看到大佛的面部表情

"那时缺乏保护经验,但面对千年瑰宝,我们没有轻易动手,提出试验性加固,要求工程可逆。"孙儒僩说。而他成为敦煌石窟保护先驱者之一,一干就是一辈子。其间,他还参与了榆林窟、西千佛洞、麦积山石窟、炳灵寺石窟的保护工作。

1993年孙儒僩退休,又接受返聘。算起来,他在石窟保护岗位上工作了近60年。

现年已经90多岁高龄的他回看那段岁月,云淡风轻:"在莫高窟这个不到一平方公里的小天地里,我经历了敦煌艺术研究所、敦煌文物研究所,直到现在的敦煌研究院。我主要从事莫高窟防沙、治沙,壁画塑像维修,石窟日常维护,工程地质勘查及大规模石窟加固,石窟保护研究,工作、生活用途的房屋设计及施工等工作。对于我这样一个学历不高、知识贫乏的人来说,需要做什么我就学点什么,但都是浮光掠影。石窟科研项目、工程技术、文物保护与技术,都是一些独立的大学科,我只是尽力而为而已。"

"回想在敦煌的前二三十年,我在莫高窟的生活艰难而清贫,把李其琼邀约到敦煌,并在这里成家,生儿育女。她仍然是坚强的,在自己的岗位上努力追求敦煌艺术,坚持临摹工作,不停地学习、探索和研究,做出了应有的成绩。从20世纪50年代到70年代这20年间不公平的打击,使我们失去20年的宝贵年华,但我们并没有倒下或失去信心,我们坚强地活着,工作、劳动,做我们应该做的工作,不辱使命。"

尽管有各种坎坷,但孙儒僩都能坦然面对。他这样认为:"人的一生中有着高山和低谷。如果人生全是阳关大道,也是很乏味的,所以我一生的回忆还有点味道。我的晚年还是幸运的,虽然多次生病,但病痛的折磨我都扛过去了。老伴早几年走了,但是我俩后来的这十几年过得很幸福。"

"2012年10月26日,老伴舍弃了敦煌艺术情缘,走完了她的艺术人生,先我而归了。儿子幼年得病,潜藏几十年,在刚刚退休后一病不起,先我而去。老年失伴丧子,但我挺过来了。生命无常,各人有各人的归宿。我活着,也许是他们的愿望。"

"站在这个时间点上再回看莫高窟,虽然我们离开了工作岗位,但魂牵梦萦的却仍然是莫高窟。这里总有一种神奇的力量,让人怀念,人离开了,心却离不开。"

我在敦煌修壁画
李最雄的故事

防止山体的风化危及石窟，防治空鼓、起甲、酥碱等壁画病害，保持壁画的颜色，成了李最雄研究的新课题。

"我们就像是一群给文物看病的大夫，得时时关心、牵挂着它们。"

于莫高窟而言，李最雄是"半路出家"。

1964 年，李最雄毕业于西北师范大学化学系。1985 年，参加工作 21 年后，李最雄离开妻子孩子，只身前往莫高窟，从事古代壁画和土遗址保护研究。

在敦煌研究院，李最雄历任敦煌研究院保护研究所副所长、所长，敦煌研究院副院长等职，长期坚持在文物保护一线，主持完成 40 余项古代壁画和土遗址保护重大科研项目及国内外合作项目，是当之无愧的敦煌石窟科技保护的开拓者和领路人。他从事文物保护工作 55 年，带领敦煌研究院保护团队完成交河故城抢险加固工程等重大文物保护工程项目 50 余项，先后荣获国家科技进步二等奖 2 项，国家发明四等奖 1 项，省部级奖励 10 余项……

● 李最雄在敦煌研究院保护所实验室

最初参加工作的 20 多年里，李最雄跑遍了大西北的石窟。对石窟沙砾岩裂隙而造成的文物损失，他极为心痛，一种保护古老文明的使命感油然而生。20 世纪 70 年代末期，李最雄承担了国家文物局的一项科研项目——甘肃沙砾岩文物的保护加固。当时，绝大部分业内专家都以有机材料来进行这些石质文物的加固，但李最雄独辟蹊径——找到在化学组成上或者物理力学性能上相近的无机材料或者无机高分子材料进行加固。

人们很难想象在当时的条件下，李最雄付出了多少心血进行研制并反复验证。因为科学试验来不得半点马虎，他不仅仅是要试验出一种理想中的材料，同时还必须证明这种无机材料优于当时正在使用的有机材料。

"当时我们条件很差，我只带了两个年轻人，轮流住在实验室里，买一个闹钟定时，4 个小时你就要起来，哪怕是夜里 3 点你也得起来把这个样品取出来做处理。"李最雄说。

经过十多年的现场勘查和室内反复实验，李最雄终于找到了沙砾岩石窟风化的病根。他从近十种无机胶凝材料和十多种模数的硅酸钾中筛选出模数 3.80—4.00 的硅酸钾（简称 PS）进行加固，可达到缓解石窟"病症"的效果。PS 的研制成功是丝绸之路沙砾岩石窟保护加固的一个重大突破，达到国际领先水平。

后来在莫高窟木桥廊段进行的石窟崖面加固表明，这一材料具有良好的保护效果，有效防止了雨水入渗和壁画酥碱等病害的进一步发生。与此同时，在配合榆林窟加固工程中，李最雄又在此基础上开展了石窟岩体裂隙灌浆研究，成功研制出了 PS-F 灌浆材料。

由于效果好,这两种材料在古丝绸之路的沙砾岩石窟加固中得到了广泛应用,并认为达到了国际先进水平。我国西北地区沙砾岩石窟岩性干燥,松散、强度低,易遭风蚀、雨蚀,这些材料的研制,不但对保护敦煌石窟遗产有重要意义,而且为整个西北地区石窟岩体的防风化和岩体加固找到了一条保护途径。

在莫高窟,他既为壁画的精美绝伦而深深折服,也对壁画的严重受损痛心不已。如何防止山体的风化危及石窟,怎样防治空鼓、起甲、酥碱等壁画病害,如何保持壁画的颜色,成了李最雄研究的新课题。"我们就像是一群给文物看病的大夫,得时时关心、牵挂着它们。"李最雄曾这样描述自己的工作。

在敦煌藏经洞陈列馆院里,有一块刻着黑字的卧石,上面是陈寅恪先生的一句话:"敦煌者,吾国学术之伤心史也。"这句话一直铭记在李最雄心里,提醒他不忘敦煌文物被列强劫掠的那段历史,而他也用一生践行文物保护工作者的责任和使命。

调到敦煌研究院之后,李最雄找到了用武之地。他先用自己发明的新材料对榆林窟进行了加固,并大获成功。但他并不满足,又向文物保护的另一个大难题——敦煌壁画褪色的原因,发起了挑战。

敦煌气候干燥,雨水甚少,为什么盛唐洞窟中的壁画会变色?莫高窟许多壁画都用铅丹做颜料,一直以来,人们认为引起铅丹色彩蜕变的主要原因是热氧化。习惯质疑的李最雄通过长期观察,对这个几乎已成定论的看法并不认可。"我是学化学的,铅从四氧化三铅变到二氧化铅,温度要达到200多度才可能发生,在洞窟里边不可能有这样的条件。"

对壁画褪色的"热氧化说"产生怀疑之后,李最雄查阅大量文献,寻找新的理论解释。可是,仅仅是推翻了热氧化的结论,并不能完全解释铅丹褪色的原因。严密的科学结论往往来自科学家的大胆想象,就像研究PS材料的最初动机一样,李最雄设想,铅丹产生变色的原因可能是湿度。

恰在这时,一次莫高窟采样实验,引起了他的注意。"莫高窟顶子上,有一处遗址叫天王堂。它的壁画很破碎,一些已经掉在门口。我采集了13个样品,所有在洞窟里面采集的样品,铅颜料不同程度地发生变色,只有门口采集的样品没变色。我很高兴,已经初步断定不是强光线导致变色,当时就考虑到可能是湿度。"李最雄说。

之后,李最雄开始进行严谨的科学实验。他发现,在90%湿度的条件下,铅丹会在一周内变色。但是令人困惑的是,莫高窟地处戈壁滩,干旱缺水,怎么可能会有90%湿度的问题?李最雄分析,壁画变色并不是现在,而是在很久以前洞窟内湿度很大时就已经开始。千百年后,洞窟中的环境条件,其实已经跟室外基本达到平衡。

历经大量的科学试验和反复论证,他最终得出结论,壁画褪色、变色与二氧化碳、光照、温度、湿度及风力等环境因素有关,而湿度是致使铅丹变色的主要原因。这一发现,为敦煌洞窟壁画的科学保护提供了有效的指导,洞窟保持干燥通风、控制温度湿度成为保护壁画的首要措施。

在同事们眼里,李最雄勤奋执着,做事坚持不懈。"文物保护是探索性工作,很多时候会出现不满意的试验结果,但是从来没看到他因为失败而放弃,而是持续做、反复做,直到试验结果满意为止,非常执着。"敦煌研究院院长苏伯民这样评价他。

在河西走廊古丝绸之路上,以敦煌莫高窟为代表的石窟遗址和以吐鲁番交河故城、西北长城为代表的数百处土建筑遗址,是中华优秀传统文化遗产的最主要组成部分,具有极高的历史、艺术和科学价值。

千百年来,受强风、雨水及地震等自然因素的影响,多数古遗址遭到严重破坏,有些正遭受灭顶之灾,其抢救保护是当时中国文物保护工作中重要而紧迫的任务。同时,古遗址赋存大量的历史信息,具有不可再造性,古遗址的保护加固必须遵循"不改变原状"的原则。因此,古遗址的保护难度大,技术要求高。

新疆段重点文物保护项目——交河故城抢险加固工程难度非常大,许多业内人士踌躇不前,然而李最雄却说,"难了,才更具有挑战性!"

故宫博物院院长王旭东曾是交河故城抢险加固工程的执行负责人。他曾说,交河故城项目的研究历经六年时间才结束了实验研究,转入应用。但是,实验室成熟的材料和技术不一定适合文物保护现场,因此大量的现场试验必不可少。李先生始终坚持驻守在一线,一丝不苟地开展工作,而且即使效果不太理想时,他也从不放弃,一门心思要弄个"水落石出"方才罢休。

念念不忘,必有回响。2004年9月,国家文物局批准在敦煌研究院建立"古代壁画保护国家文物局重点科研基地"。基地以壁画和彩塑为对象,开展专门的科学研究和保护修复工作,并将研究成果应用于全国乃至丝绸之路沿线

● 李最雄和工人们一起回贴布达拉宫黄房子的壁画

的壁画保护工作中。莫高窟人在做的事情,并没被黄沙埋没。由敦煌研究院牵头、李最雄推动的"干旱环境下土遗址保护关键技术研发与应用"项目荣获了2017年度国家科学技术进步奖二等奖。项目研究成果全面支撑了我国文化遗产领域第一个国家工程技术研究中心——国家古代壁画与土遗址保护工程技术研究中心的成功申报和组建。

现场条件差,室内没有空调,只能用小型电风扇吹着热风,屋子里也像蒸笼一样。当时已60多岁的李最雄带头在40℃的高温下跑现场,仅拿块毛巾擦擦汗。正是在这种精气神的支撑下,李最雄带领团队经过多年的现场试验和工程实践,研发出了一整套针对土遗址风蚀、雨蚀、开裂、坍塌等病害的防治措施和遗址加固的施工工艺及技术措施。

而敦煌研究院对于文物保护的理念不仅仅局限于敦煌,还应用于甘肃、新疆、宁夏、西藏等16省(区)200多项全国重点文物保护工程。

在西藏布达拉宫、萨迦寺、罗布林卡壁画保护修复项目实施期间,李最雄作为项目总负责人,带队进行空鼓病害壁画灌浆加固及修复。2001年至2007年间,他18次去拉萨、萨迦及阿里等地区工作。针对西藏寺院空鼓壁画特点,李最雄在环境监测、病害调查、壁画制作材料分析及病害机理研究的基础上,通过室内模拟实验与现场试验研发材料,抢修了布达拉宫、罗布林卡和萨迦寺近6000平方米壁画。

当时,李先生已过花甲之年,同事们劝他少去几趟,但从来没人成功过。由于上高原太过频繁,他的身体特别是心脏受损严重,返回内地后多次突然晕倒,心脏不得不植入支架。然而,每当身边人说起权衡工作和健康的话题时,李最雄只是笑笑说,"西藏的心事了了"。

他既热爱工作,又热爱生活。敦煌研究院院长苏伯民回忆,他们一起在榆林窟工作时,荒郊野岭,没有电话。白天干活儿时间过得快,晚上没有任何娱乐活动,时间就比较难打发。为了给大家丰富业余生活,李最雄买来音响,放着磁带,教大家跳交谊舞。后来再去榆林窟时,他们时常会想起那时艰苦而快乐的日子。

同事眼里的李最雄做事井井有条,不仅把自家收拾得干净,出差住宾馆也非常"讲究"。每天早起后,他总是把房间收拾得整整齐齐,以至于保洁人员几乎无事可做。这种习惯,业已传承给了下一代人。

"段先生给我最重要的任务,就是建立一支保护的队伍。"李最雄说。时任敦煌研究院院长段文杰提出"不但要培养科技队伍,还要培养高端人才",并给予这方面工作非常大的支持,"要钱给钱,要人给人"。

李最雄调任敦煌后,不久便被安排到日本学习。1991

年，李最雄获得日本东京艺术大学保存科学博士学位，成为中国留学文物保护博士第一人。李最雄回国后，不仅开展文物保护研究与实践，更重要的是培养人才，找课题、找项目、找人才。新招的人员来敦煌之后，很快就被送出去学习。

"当时很多人说，我调来的一些人，去日本学习后就把进修学习作为'跳板'离开了"，李最雄对此感到"压力很大"。只要发现有情绪不稳定者，李最雄就会找他们做思想工作。尽管地处偏远内陆，但他的视野与一般人不同，总能看得更远、看得更准。他"软硬兼施"鼓励年轻人尽快成长，敢于放开手脚让年轻人去"一试身手"。

李最雄放手培养青年学术技术带头人，把年轻人推向工作第一线，让他们在科研项目、重要文物维修、修复工程及管理工作中担当重任，培养出了一支多学科的科学保护队伍。这支队伍成为敦煌石窟保护的主力军。

"第一次去敦煌的时候，得知一位文雅的学者将成为我的引路人，万分高兴。"王旭东回忆说，自己当时也是被李最雄"连哄带骗，就来了"。类似的经历，在敦煌研究院的专家学者中还有多位。敦煌研究院对于人才的迫切追逐有传统，有时甚至不惜一切代价去"抢"人。当然，还有一个重要原因是，很多年轻人来了以后"都有事可做"。

"先生带着我们，走遍了敦煌石窟的每一个角落。在他一手栽培和扶持下，敦煌研究院保护团队成长壮大，如今研究团队分布在全国各地。"王旭东说，"与先生共事28年间，他对弟子如儿女一般，不仅在事业上引导，还教导做人的道理。"

李最雄退休后，依旧念念不忘敦煌文物保护事业，继续带领弟子在古代壁画保护材料等领域探索前行。

多年来，李最雄不仅为敦煌研究院培养出了一批领军人才，使得敦煌研究院走在了国内岩土质文物保护的前列，也为全国文物保护系统培养出了大批古代壁画和土遗址保护的优秀人才，这些人才均已成为文物保护行业的骨干。20世纪中期，敦煌研究院还要请一些国内外专家帮助解决文物病害问题。而近年来，他们不仅自给自足，还向全国甚至全球输送保护人才。

为了加大丝绸之路沿线文物保护人才培养力度，送更多青年学者走出国门去深造，李最雄自掏腰包50万元，吸引相关慈善人士和机构捐助150万元人民币，在敦煌石窟保护研究基金会设立了丝绸之路文物保护人才培养专项基金，用于支持青年人才赴国外访问交流。现在，该基金累计已超过400万元。

一批批人才留下了，敦煌的保护队伍搭建起来了，李最雄却未能很好地尽到一位丈夫和父亲的责任。莫高窟距离兰州1200多公里，妻子带着3个孩子住在兰州，他无法照顾，到兰州来，就算是出差。幸好，妻子很理解他，承担了家庭的重任。

扎根西部50多年，李最雄为敦煌文化遗产保护研究事业的开拓与发展奉献了毕生的心血和精力。2019年7月2日8时30分，李最雄在兰州逝世，享年78岁。

"先生虽与世长辞，但他的精神和研究方法，将由弟子们继续传承下去。"王旭东这样说。

儿子李巍说，父亲一生忙于事业，与家人在一起的时间并不算多，但会含蓄地表达最深沉的爱。父亲就像一座山，那么遥远又那么高大。

文物修复：留住敦煌的美

李云鹤的故事

常书鸿说："窟里的壁画、彩塑保护起来面临很多问题。我知道你不会，但是你愿不愿意学？"

"我愿意！"李云鹤脱口而出。

"好，那就这么定了！"常书鸿说。

1956年，"到西北去"的时代浪潮，正激励着23岁的山东青州小伙李云鹤前往新疆，闯荡一番事业。

"那时候，我舅舅霍熙亮在敦煌工作。外公知道我要去新疆，就说那我们一起，他到敦煌看望我舅舅，然后我再往新疆去。"时至今日，李云鹤清楚地记得为何与敦煌结缘。

李云鹤的命运，由此发生转折。

一路奔波，李云鹤与外公终于见到舅舅。"我准备在莫高窟休整几天，就再坐火车走。"

时任敦煌文物研究所所长的常书鸿，很快就相中了这个踏实肯干的小伙子。"在哪里都是为祖国做贡献！我这里也需要人，你直接留下来工作吧，把你的同学也叫来。"说完，常书鸿还让李云鹤动员同学一起来。

敦煌工匠　　　　　　文物修复：留住敦煌的美

● 李云鹤在洞窟里

经不住常书鸿一再劝说，李云鹤心想"留下来就留下来，不行了再去新疆也不迟"。他动员了好多同学，但一个人也没来。当时，与他一起入职的，还有另外两个年轻人。

"敦煌文物研究所用人有讲究，招的时候不管以前是干什么的，招进来后也不管以前是干什么的，都要经过三个月'试用期'，做些打扫卫生、烧开水、敲上下班铃等杂事。"李云鹤说。没承想，轻松的活儿很快被一抢而光；留给他的，是去清理洞窟积沙。

当时上下洞窟，需要爬"蜈蚣梯"。每次上下，李云鹤心里都捏着一把汗。直到现在，李云鹤都没想明白，为何天生胆小的他，原来在老家时天黑就不敢出门，到了黑乎乎的洞窟里却一点儿也不害怕。"我看到那些壁画栩栩如生、富丽堂皇，很受震撼，光想着去欣赏、感受。可能，这就是我与敦煌的缘分吧。"

勤恳、忠厚的李云鹤，干起活儿来从不偷奸耍滑。他挨个把洞窟里的积沙扫出来，堆到窟崖下面，再用牛车拉出去。所里的老职工，看他衣服湿了干、干了湿，总是疼惜地喊"休息会儿，别累着！"但年轻的他，从不叫苦喊累。

三个月一晃而过，研究所召开全体人员会议，研究新员工转正事宜。会上，只有李云鹤顺利转正入职。然而，挑战也随之而来。转正第二天，常书鸿将李云鹤叫到办公室，说："我有一项工作要交给你。"李云鹤原本以为是一些体力活，没想到，常书鸿继续说："窟里的壁画、彩塑保护起来面临很多问题，我知道你不会，但是你愿不愿意学？"

"我愿意！"李云鹤脱口而出。

"好,那就这么定了!"常书鸿说。

李云鹤说,从那之后,他的心就再也没有离开敦煌。

在外人看来,壁画修复技术高深莫测。对行家而言,这是一门需要结合技术、经验的综合技能,还要掌握历史学、美学、化学、物理学等知识。可当时的莫高窟,因为经费、人力、物资匮乏,对壁画病害的研究、修复几乎是"零基础,零经验"。

李云鹤最初的"修复",也是"体力劳动"——扶正东倒西歪的塑像,整理坍塌的壁画。"有些极为美丽的壁画,因为年久失修,表面像鱼鳞一样起甲,然后脱落,令人心痛不已。"

1957年7月,一位外国文物保护专家受文化部文物局邀请委托,来到莫高窟进行壁画保护情况考察和壁画病害治理示范。这是莫高窟历史上迎来的第一个"治疗"壁画病害的"洋先生"。

外国专家闷头干活,从不肯把技术外传,李云鹤就在旁一边看一边琢磨。但没多久,外国专家就因为莫高窟无法洗澡、水质不好等原因走了。专家走后,李云鹤试着仿造修复用的黏结剂。黏结材料的构成、比例不好把握,李云鹤不断调试、失败,再调试、再失败,直到成功。

造好了黏结剂,李云鹤再用针管顺着起甲壁画边上,沿着缝隙注入;等水分蒸发后,再轻轻按压,使壁画恢复平整。

时光流转,李云鹤改良了不少外国专家的修复技术:纱布纹路纵横,容易按压出"印痕",影响壁画修复效果,他改用吸水性好又压不出褶纹的纺绸;针管压力不好

● 莫高窟第220窟,李云鹤修复壁画,1978年9月

控制,尤其在仰面操作窟顶壁画时,不容易将黏结剂注入起甲壁画内部,用力小黏结剂会顺着针头往下流,用力大又会引起起甲壁画的脱落损毁,他换成血压计气囊,大大提高了修复精准度……

日出又日落,李云鹤一天又一天地在洞窟里埋头苦干。"可越修复越纠结,我天天修壁画、修塑像,可都不知道这些壁画是怎么绘上去的、塑像是怎么做出来的,更不知道是哪个朝代制作的,怎么区分、辨别。"

于是,李云鹤再去找常书鸿求助:"所长,我要学画画、学雕塑。我不是想当画家、雕塑家,就是想知道壁画咋画、雕塑咋做出来的,然后更好地进行修复保护。"

在常书鸿的安排下,李云鹤跟着史苇湘等老一辈敦煌学家每天进洞窟。前辈画画,他就跟着学如何线描、构图、绘画……一年以后,李云鹤基本知道了每个洞窟的绘画情况。

后来,李云鹤又跟孙纪元老师学雕塑。恰好北京历史博物馆的人来莫高窟,要仿作第194窟的雕塑。李云鹤就跟着翻石膏、做模子,再临摹、仿制。就这样,一点点、一天天,慢慢上手,他对雕塑也学了个八九不离十。

有了近两年的绘画和雕塑学习经历,再做修复,李云鹤心里一下子踏实了:绘画的朝代及风格,雕塑的石胎木骨特质都心中有数了,做起修复工作,也越来越有意思了,"才真正有了入门的感觉。"

开凿于晚唐时期的莫高窟第161窟,有60多平方米壁画。1962年时,壁画已整窟起甲,一有空气流动,就像雪片一样脱落。当年年初,常书鸿把第161窟的壁画保护修复任务交给了李云鹤:"你试试看,权且死马当活马医吧。"

壁画结构从里向外,一般由支撑体、地仗层、底色层、颜料层等构成;病害类别,根据外在表现形式可分为起甲、盐霜、酥碱、空鼓等20多种。所谓起甲,就是指壁画底色层或颜料层发生龟裂,进而呈鳞片状卷翘。这在石窟和殿堂壁画病害中最为常见。

李云鹤先用毛绒柔软的小刷子,对壁画进行简单清理,再注射黏结剂,然后回贴,最后滚动压平,程序烦琐复杂,每一个环节都必须小心翼翼。由于伤病壁画本身已很脆弱,每一个步骤都要把握好力度,所以整个修复工程必须稳、慢、准。

每天,大概只能修复0.1平方米,所以60多平方米的壁画李云鹤整整修复了两年。第161窟是李云鹤首个独立修复的洞窟,这里是他壁画修复保护事业的起点。对此,敦煌研究院名誉院长樊锦诗如此评价:"不是'焕然一新',而是'起死回生',他保存了原物、保持了美感、延长了寿命。"

在修复莫高窟第 220 窟时，李云鹤发现表层壁画是宋代绘制，在里面还有唐朝时期壁画。他创造性地实施了"甬道重层壁画整体揭取迁移技术"，将表、里层壁画分离、拼接在一起，使两个朝代跨越千年之后，在同一平台上"握手重逢"。

樊锦诗经常调侃李云鹤：真想不到，你这个粗糙的山东大汉能待在洞窟里做这种细活。

难度更大的，是往壁画墙体上打铆钎。1963 年，修复第 130 窟时，李云鹤和同事提着马灯，在 20 多米高的壁面上，就像古代画工开凿洞窟一样，手拎铁锤和钢钎，一点一点打眼。其实，还和古人不同，因为古人是"毛坯洞窟"，李云鹤却要在有着大幅壁画，且已经岌岌可危的壁面上作业，要更加小心谨慎。

"两个人一天只能打三个眼。"李云鹤记忆犹新。他们先用铁锤和钢钎打眼，再把 12 毫米粗的钢筋埋入壁面 25 厘米深处，然后用水泥和砂浆固定，最后用螺帽拧紧、固定，"300 个眼，300 根钢筋，全部手工作业，还得把握好力度与火候，想快根本不可能"。

时至今日，在有的洞窟修复现场，已经 80 多岁高龄的李云鹤仍然爬上爬下。60 多年来，李云鹤修复了 4000 多平方米壁画、500 多身彩塑。他的修复工作也不局限于莫高窟，迄今为止，李云鹤已经帮助 12 个省市的 26 家文保单位完成了文物修复工作。从无到有、由弱到强，李云鹤见证了莫高窟、榆林窟文物修复技术的完善，并将之推广到青海塔尔寺、西藏布达拉宫等地。

● 修复壁画是一项耗时的工作,不仅要有耐心更要精细入微,李云鹤每天只能修复0.1平方米左右

　　从零起步,李云鹤潜心钻研绘画、雕塑、临摹、修复技艺,终成壁画修复界"一代宗师"。他是国内石窟整体异地搬迁复原成功的第一人,也是国内运用金属骨架修复保护壁画获得成功的第一人。由他创造的多项修复技术荣获全国科学大会成果奖和文化部一等奖。2019年1月,李云鹤入选全国总工会2018年"大国工匠年度人物"。

　　择一事,终一生。1998年,65岁的李云鹤退休;紧接着,他又被返聘,一直工作至今。献了青春献子孙,他还劝儿子、孙子孙女进入敦煌研究院工作,上演了一家四代从事敦煌莫高窟文物保护工作的佳话。

　　"文物是老祖宗留给我们的文化遗产和宝贵财富。这么多年,我从没有对文物三心二意。文物修复,修得再好也是新的。所以,我一直跟学生说,要慎重再慎重,要对历史负责!"李云鹤说。

敦煌是一辈子的热爱

赵声良的故事

"虽然有的人觉得很荒凉,但是我想,一个喜欢敦煌的人到了那里,都会发现它其实像世外桃源一样,非常美!"

1980年,年仅16岁的云南昭通小伙儿赵声良考入北京师范大学。大学期间,他找了许多绘画的书来看,从中看到的敦煌画册,一下子就抓住了他的心。

父亲盼着儿子回家乡发展,却怎么也没想到,他要去地处荒漠戈壁的敦煌。大学毕业前夕,父亲得知赵声良要去敦煌后,一封接一封地写信劝他回云南。

赵声良担心回家后,在家人劝说下会改变主意,他索性直接背着行李,登上开往甘肃的火车。

● 赵声良在发言中

一

经过两天一夜的颠簸,火车到达兰州。赵声良在甘肃省文化厅报到后,又坐了近 30 个小时火车,到了瓜州柳园站。下车后又等了很久,他才终于坐上从柳园发往敦煌的长途汽车。

赵声良抵达敦煌时,已是傍晚。时任敦煌研究所副所长樊锦诗正坐着所里最高级的车——一辆北京吉普来接他。到莫高窟后,樊锦诗领着赵声良去见段文杰所长。

段文杰身材高大、声音洪亮,他很热情地拍着赵声良的肩膀聊天。后学遇上前辈,赵声良大胆谈了一些他对敦煌艺术的理解,段文杰鼓励他从艺术方面进行研究。

"那时候,虽然大学生由国家分配工作,但研究所努力跟大学联系想要过来的大学生,基本上都没有来。来到这里的,基本都是意想不到自愿来的。"赵声良说,按老同事的说法,这叫"自投罗网"来的。

这是赵声良第一次到敦煌,初出校园的他,对莫高窟的一切都感到十分新鲜。"樊所长把我领到中寺旁边的一排房子前,指着其中一间说'以后这就是你的宿舍了'。"赵声良回忆,房间里有床、桌子和凳子,但黑乎乎的没怎么看清楚。"樊所长说这里比城市艰苦,这一排房子是 60 年代住过的,那时可是最好的房子呢!"后来又来了一位大学毕业生,他们两人在这间房子里住了一年多。

第二天起来,赵声良才仔细看了看这间房子:土墙、土地,墙上还掏了一个壁橱。地面就是土的,扫也扫不完。

赵声良索性就不扫,只要洒一些水让地面湿润不起灰尘就行。天花板尽管用废旧报纸糊住,但还是露出几个黑洞。

第一个冬天,对赵声良来说,非常不好过。地处西北戈壁大漠中,他们只能自己生火炉,而且晚上睡觉前要把火封住,不使它熄灭,才能既保持夜间的温度,又使第二天清早生火不太麻烦。

"我们都是南方人,火炉常常封不好,到半夜火就灭了。夜里,气温达零下十七八度,我们又冷又困,就把所有的衣服都穿上,再把棉被压上。"赵声良回忆,但就是那样也挡不住寒冷,早上起来,鼻孔旁边都是冰碴子。直到冬天快结束时,他才逐渐熟悉了封火技术。

冬天也有冬天的快乐。赵声良和同事有时会买上半只羊,找一口大锅,放在火炉上慢慢地炖。用慢火炖出的羊肉,十分清香且软烂可口,肉汤更是鲜美无比。清早喝一点羊肉汤,浑身就十分暖和。那种微火慢炖煨出的清香,至今仍然令他回味。

喝的是门口大泉河的苦咸水,每次喝完之后他都会拉肚子。"刚来时很不适应,拉了两个月。"赵声良说,好不容易适应了,结果一去外地出差回来就又不适应了,继续拉肚子。

就这样折腾了两年左右,赵声良才完全适应。虽然生活条件艰苦,但他一到洞窟里面,就感觉非常美。一有时间,他就到洞窟里面做调查。越调查,越觉得敦煌是无与伦比的美。周边的环境,慢慢也觉得很安逸。"虽然有的人觉得很荒凉,但是我想,一个喜欢敦煌的人到了那里,都会发现它其实像世外桃源一样,非常美!"

二

1983年,在段文杰先生带领下,《敦煌研究》这本立足敦煌、面向世界的学术刊物正式出版。从1984年到1996年,这12年里,赵声良一直担任《敦煌研究》编辑。可以说,这份敦煌学权威期刊,与风华正茂的赵声良一同成长。

"你是学中文的,就到《敦煌研究》编辑部吧。"第一次见面时,段文杰就对赵声良说。赵声良到岗之后才发现,编辑部除了一位主任,就只有他一个"兵"。后来人员陆续增加,到1986年已经有编辑六七人,编辑部初具规模。

但大家都不是专业的编辑,要从头开始学习编辑业务知识。"靠一本已经翻得破旧的《编辑手册》慢慢探索编辑工作的路子,还经常与出版社同行交流,了解专业编辑的做法。"赵声良说,虽然并不专业,但每个人都凭着对工作的敬业、执着精神,为办好刊物倾注了大量心血和精力。

与其他学术杂志不同,编辑部工作人员虽然是专职的,但大多数人都同时在进行敦煌学研究工作。学者兼编辑,是《敦煌研究》编辑部成员的鲜明特质。

从历年就职于编辑部的工作人员来看,他们的研究范围涉及敦煌石窟艺术、石窟考古、敦煌历史与文化、敦煌文献(文学、宗教、书法、回鹘文)等,涵盖了敦煌学的大部分专业。

大家在从事繁重的编辑工作的同时,仍孜孜不倦地从事学术研究,不断发表学术论文、出版学术著作。正因对敦煌学有着深入的研究,所以编辑才能够从较高的视角来进行刊物的编辑工作，从而使《敦煌研究》的编辑质量保持在较高水准。

创办之初，《敦煌研究》在甘肃省天水市新华印刷厂印刷。每一期出版时，他们都要赶到天水，在印刷厂校对。那时候，敦煌没有火车站。要坐火车，只能到离敦煌120多公里的柳园车站。因为柳园、天水都是过路车站，别说卧铺票，就连坐票都一票难求。从柳园上车到天水，要24到26个小时，赵声良他们这一路几乎都是站着过去。

时间一长，赵声良只能"因陋就简"——每次坐火车，他都准备一张塑料布；到了晚上，就把塑料布铺到别人的座位底下，然后在黑暗中伴随着别人鞋子散发出的臭味沉沉睡去。

有一次，他睡得正香，突然听见人声鼎沸，一睁眼才发现原来火车已经停下。"慌忙爬起来一看，车厢里不少人已经下车，行李架上空了一半。"赵声良心中一惊：稿件呢？不会丢了吧。沿着行李架仔细搜寻，才发现一包稿纸静静趴在行李袋旁边，这时他已经浑身冷汗。

回忆这些往事，赵声良说：从个人角度来说，之所以能够坚守大漠，是莫高窟本身值得投入一辈子精力去为它做出牺牲。"莫高窟是伟大的、不朽的，个人在这样一座宝库面前，无足轻重。"

《敦煌研究》这本期刊，慢慢得到了国际社会认可，吸引了海内外众多学者在这里发表论文。"你要是到国外的名牌大学的图书馆里去看，比如哈佛大学、牛津大学等，我们的杂志肯定是有的。"赵声良说，几年前，他到普林斯顿大学访问东亚图书馆时，院长一看名片，就把他领到一个小阅览室去，"我还纳闷他要干什么，结果他拿出一本《敦煌研究》，说这

● 榆林窟第2窟《水月观音》，西夏。观音静坐在岩石上，昂首遥望彩云遮月。修竹、山石、潺潺流水、朵朵莲花，与空中缥缈的祥云一起，营造出静谧氛围，凸显出凝神遐思的观音在聆听世间疾苦的动态美

是你们的杂志。我说你们这里也有啊？他说他们很喜欢！"

三

1996年，一直在《敦煌研究》杂志做编辑的赵声良，赴日进修，为期两年。两年公派访学期满后，赵声良又考入成城大学研究生院，自费攻读了硕士、博士学位。前前后后，他一共在日本待了7年。

旅日期间，赵声良也慢慢感受到国内敦煌学的进步。有一次，在东京艺术大学研究室，一位敦煌学教授看到由敦煌研究院编纂的大型图录和研究著作《敦煌石窟全集》后，对他由衷赞叹：像这样深入地研究敦煌石窟的著作，日本的学者是做不到的呀！

2003年，赵声良从日本留学回来。当时，他有很多

选择，不少东部地区大学对他抛出橄榄枝，但他还是选择回归敦煌、回归莫高窟。

究其原因，一方面是因为敦煌的事业，赵声良觉得一辈子也做不完，有很多要研究的东西；另一方面，是他看到樊锦诗院长带领敦煌研究院把事业做得这么好，比如：科技保护、学术研究、数字化展示，各方面都做出了非常了不起的成就。"可以说，我也是樊院长的'粉丝'，我愿意帮助她把研究院事业进一步推向前进。"赵声良说。

"中国在世界影响力不断扩大的新时代，敦煌作为一个中国传统文化的代表，研究院承担着把中国古文化传播向世界各地的功能。"赵声良说，今后，敦煌研究院还要继续向前发展。首先，在保护方面不断提高科技水平，让洞窟保护得更好；其次，在数字化方面要加大力度，尽快地把敦煌所有的洞窟全部做成数字化；最后，还要运用多种手段，来弘扬敦煌艺术。比如，充分利用现代科技发展敦煌的事业，要让更多的人了解敦煌。只有这样，才能实现常书鸿先生当年的愿望，让新的艺术家到敦煌，学习、体会中华优秀传统文化的精神，创造出新的时代的各种各样的艺术，"不仅仅是绘画、雕塑，可能还包括服装设计、音乐舞蹈、动漫游戏等，很多领域都等待着我们去开拓、去发展。"

在出版大量学术著作的同时，敦煌研究院还编写了许多通俗读物，向公众介绍敦煌文化。比如《走近敦煌》《敦煌石窟》《灿烂佛宫》《敦煌石窟艺术简史》《敦煌旧事》《敦煌诗解读》等。敦煌的展览平均每个月都有一次，每次都是观者如潮、广受好评。此外，敦煌研究院学者还走进大中小学，向高校师生宣讲敦煌文化。

让莫高窟保存得再长久一些
苏伯民的故事

"我们这些人毕生所做的一件事就是与毁灭抗争,让莫高窟保存得长久一些,再长久一些。"

"我是误打误撞来到敦煌的。"多年后,苏伯民这么说。

现任敦煌研究院院长苏伯民是学化学出身,本来和文物保护八竿子打不着。可1992年,敦煌研究院的人告诉他,在敦煌,你的专业将大有作为。命运弄人,那个年代,"下海"就像今天的"风口",思潮跌宕,苏伯民本想南下,谁知最后却北上。

离开省城,一路向西到敦煌。"咱实打实地说,第一次看洞窟,我没啥感觉。"苏伯民说,看了十来个,觉得差不多,都是各种病变,触目惊心。

● 2011年7月6日,
苏伯民工作照

起初,苏伯民更多的时间是在实验室,很少在洞窟中待着。他觉得,自己要解决的是洞窟中发生的病变,至于艺术价值和文化内涵,那不归他负责。他埋头实验室,操作各种精密仪器,关注着数据变化,进行试验论证,为莫高窟开出"药方"。

这么想着,有时候觉得挺美,毕竟这千年的瑰宝,是他在医治;

这么想着,上下求索不觉累,为攻克一个难题,就是通宵也值;

这么想着,两耳不闻窗外事,做好自己的实验,四季枯荣随意。

苏伯民自得其乐,沉浸在科研"王国"里。1997年,

● 莫高窟第85窟壁画修复现场

美国盖蒂保护研究所的专家来到了莫高窟。初次见面，苏伯民有些看不懂，这些老外不进实验室，先去看洞窟。这是搞研究呢，还是搞旅游？这是不务正业！苏伯民想一探究竟。原来，人家请研究院的学者讲解壁画的内容和艺术价值，并记录了大量笔记。随着进一步交流，苏伯民认识到，这文物保护的"水挺深"，不能为了"治病"而"治病"；文物保护是个综合学科，学问不小。"用自然科学的手段，解决不了人文科学的问题。"苏伯民感慨地说。

文物保护，不能闭门造车。苏伯民和这些国外专家，携手合作，选择了第85窟，在这110平方米的壁画上，存在莫高窟最典型的三种病害——起甲、空鼓、酥碱。

苏伯民解释说，"起甲"，壁画的颜料层像鳞片一样翘起；"酥碱"，结晶的盐让窟脚的地仗层变得疏松、脱落；"空鼓"，地仗层脱离崖壁，将会导致裂隙、壁画脱落。"经过分析研究，发现第85窟是个无解的问题。"苏伯民说。莫高窟地处大漠戈壁，干旱让壁画得以保存，但地层中含有大量可溶盐，随着温度变化，不停地潮解、结晶，向壁画迁移，进而伤害壁画。中外专家通力协作，"无中生有"，硬是摸索出来了一套往壁画的岩体后面"灌浆"的办法。谁知，这仅仅才是开始。为了灌浆的材质，他们耗时整整4年，试验了80多种不同拼配比例的材料。

最终，历时8年，第85窟完成修复。"修复第85窟，创造了可持续的壁画保护方法。"苏伯民说。这次修复直接推动了《中国文物古迹保护准则》的出台，为中国文物保护工作提供了一整套思路和方法，"只有文物保

● 莫高窟第 85 窟起甲修复前

● 第 85 窟起甲修复后

护作为一个科学体系建立起来,才是文物保护领域真正的转折。"

文物保护,尤其是莫高窟的文物保护,从某种意义上说,是一件"悲壮"的事。"没有可以永久保存的东西,莫高窟的最终结局是不断毁损,我们这些人毕生所做的一件事就是与毁灭抗争,让莫高窟保存得长久一些,再长久一些。"敦煌研究院名誉院长樊锦诗的话,苏伯民深记心中。

明知一切都将在时间的长河中消失殆尽,可苏伯民们仍然选择和时间"为敌",守望敦煌。

临摹：只有壁画没了我
娄婕的故事

"有我，我和壁画的交流；忘我，沉浸其间忘了自己；无我，只有壁画没了我。"

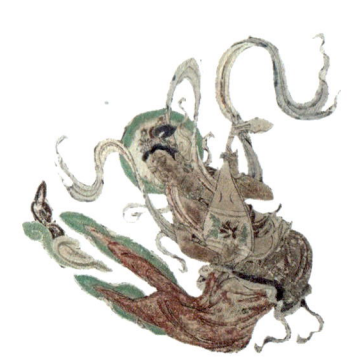

初见娄婕，她优雅的气质，会让你觉得，这可是从敦煌壁画中走来的人？

娄婕出身艺术世家，人民大会堂甘肃厅的壁画，就出自她父亲之手。也是因为创作这幅壁画，她父亲曾到莫高窟"取经"。

1985年，娄婕毕业，向往延安，一心想着去老区，而且成了学校宣传的典型。结果，甘肃省不干了，"我们也缺人才，务必回原籍"。

回到兰州，娄婕任教于大学。波澜不惊的日子里，灵感枯竭，创作陷于平庸。父亲说："要想在专业上有突破有建树，就到敦煌去吧。"

1985年，娄婕"自投罗网"。来敦煌前，段文杰院长曾告诉她，

敦煌工匠　　　　　临摹：只有壁画没了我

● 1986年7月，娄婕在莫高窟第220窟临摹壁画

● 莫高窟第 39 窟西壁龛顶飞天，盛唐。飞天双手捧香花供养，遍撒七宝、珍珠、香花、璎珞。长裙、披巾的杂彩花饰，在彩云衬托下，显得绚丽斑斓敦煌研究院将在兰州建立分院,她可以留在兰州工作。娄婕不仅不领情,还反问一句:"是不是因为我是女孩,不让我来?"段文杰听后,笑了笑说,"去写申请吧。"

长风过耳,九层楼风铃阵阵。娄婕看到,大漠从三危山下铺开,敦煌从莫高窟中走来。没有比这更美的初遇,她内心的兴奋,似乎除了握紧的画笔,再无处安放。

创作!创作!成就艺术家的人生!娄婕的内心,火焰在燎原。

但她还没铺开画布,一盆凉水就迎面浇来。

段文杰对她说:"先喝惯这里的水,再吃惯这里的饭,做个敦煌人,临摹十年,再说创作。"

老先生这么讲,年轻人可"不以为然"。但当她被分进临摹组,娄婕才觉得,自己果真来错了地方。几天临摹下来,娄婕开始焦躁,艺术家的浪漫和激情,变得汹涌,"我可不是来当临摹匠的。"娄婕说。段文杰却对娄婕说,"面对敦煌、保护壁画,我甘愿做个临摹匠。"

娄婕吃惊地瞅着老先生,他步伐坚定地走进了洞窟。

娄婕不再说话,风铃响起,似是催人归。娄婕听从了这"召唤",没有再迟疑,踏进了洞窟,临摹,日复一日。

当年,老先生们一直反复讲,临摹分为三种情况:现状临摹,壁画什么样就画下来,原汁原味地展览;整理性临摹,将核心信息补充好,便于研究;复原性临摹,让破损的壁画恢复原貌。而所有的临摹,归根结底,都是为了保护和传承敦煌文化。"但就是听不进去,积累太少,哪能明心见性。"娄婕说。

心静则明,娄婕面对的敦煌壁画,无论从技巧、审美，还是造型语言体系，都和自己所学的油画技巧，截然不同。此后四年，娄婕两点一线，家里到洞窟。与壁画交流，和自己较劲，看文献、查资料、研习技法，完全沉浸在临摹中。回首30多年前，娄婕觉得自己经历了三个阶段，"有我，我和壁画的交流；忘我，沉浸其间忘了自己；无我，只有壁画没了我。"娄婕说，你可能想不到，那四年中，我的语言能力整个在下降，别人问个话，我却找不到对答的词。

娄婕娓娓道来，气定神闲，对搞美术的人而言，需要特立独行，但更需要滋养内心。面对千年崖壁，每一个来敦煌的人，不过一粒沙。研究院和莫高窟，重新塑造了这里的每一个人，让他们懂得了历史感、文化感和责任感。"30多年后，我才发现，创作刚开始。"娄婕说。

每一次进洞窟，从线条和色彩，娄婕都会一点一点感受那些美，而她的视觉信息，也在不断丰富。敦煌壁画，画中有话，信息量之丰富，似乎没有穷尽。莫高窟的艺术，不仅属于中国的东方意境，也属于全世界。文化自信、文化定力，敦煌兼而得之。

因为深爱着敦煌，娄婕给儿子取名"侯敦"。可儿子出生后,由于夫妻二人忙于各自的工作,只好将他送到千里外的老人跟前。送去时孩子只有7个月大,再见面,都已两岁半。母子团圆,兴奋的娄婕跑上前去,儿子却怯生生地叫了声:"阿姨好。"对孩子的愧疚,是包括娄婕在内的每个老一辈敦煌人,心底隐隐作痛的伤。这,莫高窟不会忘记。

30多个春秋,弹指间。敦煌、壁画、娄婕,最美不过,坚守敦煌,走回壁画。

装裱：「不疯魔不成活」
李晓玉的故事

> 「我哪儿都不想去，就想待在这里，自己与自己对话。」
>
> 「只有手工装裱，画纸、托纸才能更紧密地结合在一起，才能保留作品的灵气！」

李晓玉的工作室，被各种工具填得满满当当。为了裱大画，长方形的工作台"长"在了地面和墙面上，满是斑驳的痕迹。

1962年出生的李晓玉，有点"放浪形骸"，但一说起装裱，眼睛中却能射出光来。他装裱过的最大的画，长6米、高4米，"吃住都在工作室，干了三个月。"而他父亲李复装裱过最大的画，是一幅长9米、高4米的巨作。

悠悠岁月，也许真有宿命——

1981年，19岁的李晓玉，开始跟着父亲李复学习装裱技艺。1941年，李复第一次到达莫高窟，给张大千做助手。那一年，他也19岁。

李晓玉打小顽皮，上啥课都画画，班主任常常找上门。李复

● 李晓玉在工作中

醉心于装裱事业，曾经收过一徒，后来却反目。20 世纪 70 年代，研究院老同志劝说李复，何不将儿子收为徒弟，把这一身本事传下去？这样做既为了敦煌，也为了家业。

李复始终不为所动。原因有二：一是为弃徒所伤心；二是担心儿子不服管。

1980 年，架不住院里反复催促，父亲勉强同意李晓玉"接班"。

在李晓玉眼中，父亲是一个很闷的人。"在家里也不怎么说话，我以前和他吵架的时候，还需要如今的工会主席狄会忠来说和。"

李复之于李晓玉，只有身教，没有言传。你不说，我也不说，父子俩杠上了。就这样，一个闷着头教、一个闷着头学，爷俩在沉默中过了两年，一年到头也说不了几句话。

"我父亲很不情愿收我为徒，在李其琼老师等人的再三劝说下，才很勉强地收了我。父亲裱画的时候颇为认真，只是做，但是很少说。我们一年也说不了几句话，我也不敢问。但是如果在裱画的过程中哪里不合适，父亲会指出来。"李晓玉说，现在他儿子也在跟着他学裱画，"学习4年了。"

装裱，其实是个体力活。就拿熬制糨糊来说，从和面，到烧开，再到放凉，需要一直搅拌。"装裱不停，搅拌就不能停，而且必须同一个方向，不能来回掺和。"李晓玉说，如果停了，糨糊的干湿度，会直接影响装裱质量。干湿度不一致，会导致装裱的画凹凸不平，从而使费尽心思的临摹质量大打折扣。

有人曾问，为什么不用机器装裱？李晓玉说，机器装裱速度是快，但千篇一律，是"流水线上下来的产品"，而不是艺术品。

"只有手工装裱，画纸、托纸才能更紧密地结合在一起，才能保留作品的灵气！"

李晓玉说，装裱不仅是做画的"后期处理"，而且要

● 莫高窟第45窟西壁龛内彩塑，盛唐。窟西壁龛内塑像一铺7身，其中的佛、菩萨、弟子都可入莫高窟最佳彩塑之列。龛正中释迦牟尼佛脸型圆润丰满，两眼细长，左手置膝上，右手施无畏印，穿僧祇支、红色袈裟，佛光装饰富丽堂皇，结珈趺坐。两侧弟子迦叶为中年高僧，刚毅刻苦；弟子阿难目光虔敬睿智。两身菩萨面带微笑，慈祥恬静，"S"形立姿，表现出女性的婀娜柔美。两身天王浓眉圆眼、紧握拳头，威武凶猛。盛唐艺术家已能将人体比例和人物性格表现得十分圆熟，并更加注重人物精神气质的表现

做好"表面文章"——得懂临摹、得会画画。现在,对同事送来装裱的作品,李晓玉打眼一看,就知道哪里是轻描淡写,哪里是浓墨重彩。画的颜料、成分、配比,瞅一眼就能估摸个八九不离十。

院里美术所的同事总爱找李晓玉父子俩装裱,不为别的,就图一个放心。有年轻同事说,李晓玉不仅能去掉作品的瑕疵,还会对今后创作提出指导建议。

"装裱的人自己要会画画。"李晓玉说,如果自己不会画画,就得能看出这画的门道来,画画的手法,颜料是轻了还是重了,装裱的时候才会做相应的调整。

李晓玉跟着父亲日夜苦学,装裱技艺日益精进,直到1986年父亲去世。"他走的时候,只是看了我一眼,仍然没说话。"李晓玉说，父亲没有交代只言片语，这恰恰是对他最大的肯定。

李晓玉将工作的热情，全部倾注在一幅幅作品中，那是他的艺术，是他对于生活与美的理解。他装裱出的作品，漂洋过海去异国他乡，出现在展示敦煌艺术的大展上，向观者展示着敦煌艺术的魅力所在。

1981年冬，李晓玉协助父亲李复、故宫博物院装裱师张明善及其子张玉莲，装裱中日邦交正常化十周年纪念"中国敦煌壁画展"临本63幅。1982年，这一展览在日本名古屋、北九州市、秋田市、仙台、札幌举办。

1988年，李晓玉装裱部分"敦煌·西夏王国展"临本。

1996年8月，李晓玉赴北京中国历史博物馆参加"敦煌艺术大展"的布展工作。当年10月，他赴日本东京都美术馆进行纪念中国敦煌研究院创立50周年"沙漠中的美术馆——永远的敦煌"展览的布展工作，装裱模型临本第249窟、榆林窟第25窟。

2009年，为迎接上海世博会，李晓玉开始对1993年装裱的第220窟模型临本进行揭取，并对其进行修补和整理。2010年3月，李晓玉赴上海世博园进行布展工作，装裱洞窟模型临本两座第220窟（浦西展区）、第45窟（浦东展区）。

同年9月，李晓玉赴广州美术学院美术馆进行"东方色彩·中国意象"展览的布展工作，装裱洞窟模型临本一座：榆林窟第29窟。同年12月8日，他赴韩国首尔国立中央博物馆进行"丝绸之路大文明展"的布展工作,组装第275窟模型,装裱第17窟洞窟模型临本。

除了装裱洞窟临本,李晓玉的日常工作还有装裱壁画临本,这不同于其他书画,是一项耗时长、难度大的工作,装裱一幅段文杰临摹的第130窟《都督夫人礼佛图》,就需要三年时间,处理糨糊就需要一年时间。工作的这些年来,李晓玉处理过的壁画临本有800多张。

虽然每天的工作内容、流程都差不多,但李晓玉从未想过离开。"我干装裱已经40年了,深深地体会到了父亲的不容易。"在工作室的墙上,李晓玉放了一张父亲的遗照,他想让父亲知道,自己一直在尽心尽力工作……

退休的日子一天天临近,但李晓玉仍然每天都泡在办公室里,一待就是十几个小时。"我哪儿都不想去,就想待在这里,自己与自己对话。"

或许,在李晓玉心目中,工作,也是一种跟父亲交流的方式吧。

以影像"复活"敦煌
俞天秀、安慧莉的故事

以一个 80 到 100 平方米的中型洞窟为例,摄影采集组需要 4 到 5 人,拼接小组需要 5 到 6 人。10 个人一组,全部完成需要 3 个月。

一

已届不惑之年的俞天秀,在敦煌研究院工作已经近 20 年了。

女儿和儿子还幼小,和妻子生活在兰州。他有时候出差,经过兰州了就停一下看看,有时候两三个月见不上。平时跟孩子交流,主要靠视频聊天。"离开家的时候,孩子一开始还说再见,后来就在旁边玩不搭理我。"俞天秀说,总感觉,他们不像普通孩子跟父母那样亲昵,跟他还是有点生分。

以前敦煌交通不便,往返兰州一趟也很费劲。俞天秀刚入职那会儿,工资只有 2000 多元钱,比同学们少很多。荒凉,这是他到达敦煌之后的第一印象。之前,他只在 2005 年 2 月来过一回,山、树都光秃秃的,

●俞天秀在讲座中

啥也没有，倒是很安静。"我心里想着，考上研究生就走吧。"

跟俞天秀一批来的，一共13个人，现在走了3个。最开始，他对莫高窟一点都不了解，是什么、有什么价值，都不知道。统一培训实习后，新人们在接待部当讲解员，带游客参观；干了一年后，他才回到分配的岗位——保护所。

俞天秀觉得，研究院鼓励年轻人做事，只要有想法，单位就会提供机会。毕业于兰州交通大学计算机科学与技术专业的他，擅长编写代码。2007年，莫高窟参观游览开始实行预约制。"我就想着写个程序，让导游、游客在网上预约，不用专门跑一趟。"俞天秀回忆，他写代码、同事设计页面风格，总共三四个人就做出了预约系统。

没想到，上线第一天，崩溃了。"领导没有批评，只是让我找问题，硬件升级、技术整改。"俞天秀说。后来，只要接到接待部主任电话，他就知道是网站出问题了。"接待部、数字中心，院领导都挺支持，还专门拨经费买了2台服务器。上线半年后，系统逐渐稳定下来。"为此，研究院还对俞天秀等人进行了奖励，这个系统一直运行到2012年。

"来莫高窟待够5年的人，可能就有一定的情怀了，才明白是来干什么的，但这只是刚入门、有了感觉而已。"俞天秀说，研究院这里给人的反差很大。尤其是夏天，白天还人山人海，6点多下班很快就没人了。"我有时候实在闷了，就跑到敦煌市区在街上溜达，啥也不干，就是看人。那时候，打车来回30元钱；后来感觉真是太费钱了，还是在这儿安稳待着吧。"

2006年，敦煌研究院成立了专门从事文物数字化保护的数字中心，联合浙江大学、武汉大学、中科院和相关企业协同攻关。俞天秀和同事们的主要工作，就是采集、拼接图像，进行数字化，也就是将洞窟、壁画、彩塑及与敦煌相关的文物，通过高精度摄影录像，生成数字图像。"简单来说，就是为莫高窟拍照片、洗照片。"

俞天秀说，要想将壁画完整地搬到电脑里，过程极为复杂。首先，要设计周密、完善的数字摄影采集方案。然后，使用定制轨道、摄影车等专业设备，进行拍摄。其间，图像色彩、清晰度都受到严格控制，以保证采集质量。最后，运用拼接法，将上千幅原始图像拼接成一幅完整的图像。

方案设计之初，先要综合考虑洞窟大小、形状及损坏程度和难度系数，再对方案进行科学论证。拍摄时，还必须采用恒温冷光源，确保人为影响降到最低。采集工作，极为枯燥。"干这个活，得耐住性子，不能着急，更不能差不多就行。如果一个环节出错，各个环节都会有问题，所以来不得半点马虎。"俞天秀说。

拼接，讲究形状、颜色、图案无缝对接。但有时候就是拼不上，效率、准确率都受影响。莫高窟墙壁本来就不平，要做成平面，会变形。怎样将形变降到最低，俞天秀与同事们也是一边摸索，一边创新方式。开始一天只能拼十几张。比如，五台山全图一张图，就几十G大，工作量很大。"可慢慢地，也就成了习惯。"

此外，摄影和拼接都要避免任何主观创作，要对时间、效率和精度有精准把握,最大限度地呈现原作。在拼接时,由于图像的中心区域像素精度最高,边缘会有畸变,拼接小组要通过多次重合来校准图像。

完成这项工作,需要投入大量人力。以一个80到100平方米的中型洞窟为例,摄影采集组需要4到5人,拼接小组需要5到6人。10个人一组,全部完成需要3个月。

刚开始,一年拍2到3个洞窟。2010年制定操作流程规范后,现在一年拍20多个洞窟。处理速度也进一步加快,一年拼接10多万张图片。莫高窟一共有400多个洞窟,还会加快拍摄速度。"目前,我们采集了230多个洞窟,拼接了110多个洞窟。现在,已经有了300T数据,还要进一步挖掘其内容和价值。"俞天秀说。

将文物雕塑、壁画数字化,莫高窟做得最早,但没有现成经验供参考,要自己总结一套方法论。研究院总结、制定出了一套工作规范流程,形成了采集、加工、存储等方面的13个标准。"这些标准,得到国家文物局充分肯定,可能上升为行业标准。"俞天秀说,数字化之后的莫高窟,不仅能让更多人更便捷地领略莫高窟的魅力,而且能够长久保存,这是他的工作成就感所在。

二

1400多公里,从天水到敦煌,足足要走两天。

同属西北,却有些"冰火两重天"的意思。"老家是陇上江南,这里是大漠戈壁。"在敦煌研究院文物数字化研究所的茶歇室,安慧莉的思绪回到了11年前。

初出校门,安慧莉只身到敦煌。短暂的"蜜月期",在数回徒步三危山后,日渐平淡。远离家人,远离城市,面对电脑,近乎机械的操作,让她的内心日渐孤寂。

"着急,真着急,特别着急,根本待不住。"安慧莉说,什么感觉呢?就像小时候,和父母走散在了集市。为了排解烦闷,一下班,她和同来的女生一起,结伴去敦煌市区,"其实也没干什么,就想走出去。"

●安慧莉在麦积山石窟调研

安慧莉所在的文物数字化研究所,当年还是个新部门。他们的工作,学名叫作"数字信息采集处理"。

采集工作,不仅枯燥,而且辛苦。由于洞窟内湿冷,所以,无论冬夏,一身棉袄是标配。"尤其是夏天,总有游人投来怪异的目光。"安慧莉笑着说。进入洞窟后,动手组装仪器,铺设轨道,既要保证拍摄的精度,还要避免伤害壁画。洞窟本就小,螺蛳壳里做道场,腾、挪都在方寸间,"必须很专注、很小心。就很累,心累。"安慧莉说,一遍拍完,又来一遍,让本就漫长的拍摄,似乎变得永无尽头。

"采集,还不能影响游客参观。所以,需要不停赶时间。"安慧莉说,几乎都是前一天晚上做好第二天的午饭。工作间隙,插空席地坐在九层楼前,吃着早已凉透的炒"猫耳朵",大家开玩笑,这叫"冰镇"。

采集不易,拼接更难。"用的电脑软件,倒不陌生。"安慧莉说,类似的作图软件,大学接触过。但就像打靶,你会开枪,并不意味着你就能打出十环,可敦煌研究院在信息采集上,要求每发都十环。"每张照片,都是某个

局部,我们要做的,就是拼接出完整的壁画。"安慧莉说,类似小孩玩拼图,"都是人工操作,盯着屏幕,一点点修正。看得眼睛生疼、颈椎僵硬。"安慧莉说,误差控制在毫米间,就是人物的发丝,也要"无缝对接","极其磨人,砸了电脑的心都有。"

工作熬神,生活劳心。安慧莉和爱人,虽然都在研究院工作,但分居却是常态。"怀孕4个月,老公去了西藏,做古格王朝项目。"安慧莉说,等他回来时,孩子已满月。在家住几天,又起身西去。再回来,孩子已经半岁。"3岁之内,基本上是我一个人在带孩子。"安慧莉说,一个人带娃纵然苦,可真正让她怀疑人生的,是这采集拼接到底有啥用?是啊,当你用凝聚着最新科技的电脑和软件,干着"手艺人"的活,在和时间的拉锯中,无法感知来自工作的成就感,日复一日的努力,变得可疑。

直到2014年,《梦幻佛宫》大型球幕电影的上线,震撼了安慧莉的心灵。置身影厅,宛若游于洞窟,流云飞花旋舞,彩带飞环,飞天飘曳,让人忍不住惊叹于这骇世的美。每一尊雕塑、每一幅壁画,就连人物唇角笑意的深浅,都分毫不差。看着熟悉的洞窟在眼前"复活",安慧莉有着说不出的激动。原来他们的努力,就是世人眼中的敦煌。在那一刻,她感觉自己的心贴近了敦煌,呼吸富有节奏和魅力。

"看见了自己的价值,心归于平静。"安慧莉说,现在微信聊天,同学会说她变了,"我确实变了,把一份养家糊口的工作,变成了毕生追求的事业。"

将工作当成一份供养
李萍的故事

"沙弥讲经沙门听,不在年高在性灵。"

40多年过去了,少女时见过的那批白杨树已经摇曳成林,而李萍也从稚嫩少女,到独当一面。

1981年,李萍来到敦煌,首先映入眼帘的,便是莫高窟前面那挺拔的白杨。树叶沙沙作响,挺拔、坚忍的白杨树拥有少女般的身姿,婀娜而修长,正像那个年代的她一样,青春而富有朝气。

初来敦煌研究院,看到凌晨4点多钟专家楼里亮起的灯光,她不解,后来听人说,那是老一辈人在如饥似渴地追求学问,争分夺秒地想把耽误的时间补回来。

仔细翻读敦煌研究院的发展史,可以发现,"注重人才培养"一直是研究院的传统。进入20世纪80年代,敦煌研究院以国际交流为平台加速青年人才的培养。

1988年,李萍被送到北京第二外国语学院学习,继而赴日本深造。那个年代的留学生少,李萍语言底子好,不缺留在日本的

● 李萍(左一)在为游客讲解

● 1981年4月1日,李萍(前排右一)与同事在莫高窟前合影

机会。当她逐步适应了在日本的生活时，院长段文杰的嘱托让她深知使命在肩。

"敦煌需要你们，快回来吧！"思前想后，李萍下定决心：不能辜负研究院的培养。1990年，李萍学成归来，在工作中开始"施展拳脚"，无论是国际学术会议翻译，还是学术交流、访问接待，她都能出色地完成。

李萍刚刚到接待部工作时，段文杰院长就语重心长地说了一句话："沙弥讲经沙门听，不在年高在性灵。"这句话的大致意思是和尚讲佛经给信众听，不在于你的年龄大小，而在于你的用心和智慧的多少。这句话对于当时只有18岁的李萍来说，就像一盏心灯，亮在心底。那之后，不管遇到什么样的困难，她都用这句话来激励自己，不可以妄自菲薄，一定要用心，要努力克服困难。

李萍清晰地记得，考古学家贺世哲曾在一次吃饭时无意间说，如果哪位翻译能把《涅槃和弥勒的图像学》《犍陀罗美术寻踪》翻译出来，那将是一件功德无量的事。于是，李萍这个讲解员出身的翻译员，靠着自己的坚持和毅力，一点点地硬是将这两部近百万字的日语学术著作翻译了出来。她也通过自身的奋斗和努力，最终晋升为研究员。

回忆起求学后又回到敦煌，在工作中成长的经历，说起段文杰院长，李萍的泪水就会在眼眶里打转："段院长在我的印象里是一个特别温暖的人。他为了敦煌研究院的发展，用心良苦，找各种机会送我们年轻人出去学习、培训。我记得那一年他送我去日本学习，对我的老师说：这是我们敦煌姑娘，让她好好在你这儿学习，学完之后让她回到敦煌，这是我们的愿望。"

后来李萍去送段院长，那天下着大雨，看着段院长慢慢走远，"分不清脸上的是雨水还是泪水。我当时就告诉自己，我一定要好好学习，起码要给段院长当一个合格的翻译。这么多年过去了，我想说自己做到了。"

段文杰院长退休之后，居住在兰州的寓所。有一次李萍去探望他，临别时，段院长的眼眸中流露出羡慕的神情："呀，你要回敦煌啦！你多好呀！又要回敦煌了。"即便是数十年后，回忆起当天的那一幕，李萍仍然掉下了眼泪："在院长心里，能回到敦煌是一件多么好多么好的事呀！"

20世纪90年代，伴随着改革开放的浪潮，旅游业逐渐兴起。2004年，李萍被任命为莫高窟接待部主任。随着游客越来越多，从十几万人到几十万人，莫高窟的保护和利用矛盾日益加剧。这之后的10年，也是敦煌莫高窟游客增长最迅速的10年，旅游开发与文物保护之间的矛盾凸显。为了实现敦煌莫高窟"永久保存、永续利用"的目标，莫高窟数字展示中心的建设被提上日程。

建设、运作、管理、服务……一票"麻烦活"，眼看要落到李萍肩头。这是一副重担，从没干过工程建设的李萍想推却。"坦白地说，那时候我已经快50岁了，已经不想再转换新的角色，觉得自己是研究员了，也算是功德圆满了。"一天，她见时任院长樊锦诗提着包朝她办公室走过来，本想佯装不在，却还是被"抓个正着"。"我从美国回来，在机场买了个小八音盒，给孩子留下吧，咱们今天先不说干还是不干。"樊锦诗说罢就转身要离开。

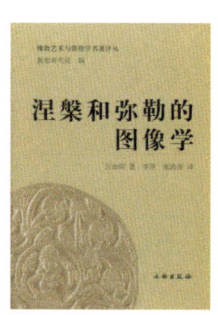

●《涅槃和弥勒的图像学》书影

●《犍陀罗美术寻踪》书影

那一刻李萍心里很纠结，一方面，工程建设类的工作她从来没干过，她心里清楚，这绝对是件"苦差事"；另一方面，樊院长语重心长地说，一个人过早地放弃自己，是很可惜的，你还可以做很多工作，这份担子，你来挑！

面对樊锦诗的期许，李萍想了想说，"我还是干吧！"

第二天，李萍就带着人去看数字展示中心的建筑工地。结果她"大受打击"：太大了，太乱了，40分钟都转不完，噪声很大，说话全部靠喊。李萍决定放弃，她鼓足勇气走到樊锦诗办公室，脑子回想了无数次的"我干不了"。然而在面对那张笑吟吟的脸时，她却怎么也说不出口。她索性横下一条心，拼了！经院里安排，她带队去上海学习，逢人只讲一句话："我是来学习你们世博会建设的经验的，从怎么打扫厕所，到怎么管理运营我都要学习。"

整整15天，李萍一行一头扎在世博场馆，从怎样打扫厕所，到如何运营管理，事无大小地认真学习。回来后，她和同事们先从脚下的各种建筑垃圾清理干起。看到已经被粉尘和风沙污染得面目全非的钢化玻璃，李萍和同事们爬高上低，擦破了几十条毛巾，擦得玻璃内外通透、光亮如新。就这样，直到设备进场前，李萍和同事们清除了十几吨的建筑垃圾、打扫了1万多平方米的场馆用地，做了9次大保洁，硬是把这块难啃的硬骨头给啃了下来。

看到崭新的场馆和各种设备有序进场，顺利调试安装，李萍和同事们就像看到了自己的新家一样，心里有着说不出的喜悦。开馆的前一天晚上，穿着连衣裙的李萍，平躺在展示中心大厅的地板上，闻着打过蜡的地板散发着的香味，似乎一切都是那么美好，她的眼泪止不住流了下来。这是历经艰辛后没有辜负期望的泪水，更是奋斗之后收获成功的泪水。

40年过去了，少女时见过的那批白杨树已经摇曳成林，而李萍也从稚嫩少女，到独当一面，从莫高窟接待部主任到数字展示中心主任。40年来，莫高窟见证了李萍的成长，她也见证了莫高窟的发展与变迁，也更深刻地理解了莫高精神中"勇于担当、开拓进取"的含义。

10年积淀，厚积薄发。2014年，数字展示中心正式运营了。开放的那一天，樊锦诗庄重地叮嘱来参加仪式的领导们：大家先不要进馆，擦一擦脚上的泥土吧……

10年，整整10年啊！他们终于接住了老一辈人留下来的接力棒。如今每年招新，李萍都要带着年轻人去院史陈列馆，给他们讲老一辈敦煌人的故事。

"我告诉他们，要将这份工作当成一份供养，这样的人生，在每个阶段都不会觉得累。"李萍轻轻地说。

敦煌考古：板凳甘坐廿年冷
张小刚的故事

"敦煌研究院虽然在山沟里面，也比较封闭，但这是老祖宗留下的瑰宝。"

"出差时间一长，就想回来，在外面待不住。"

2022 年，是考古研究所所长张小刚在敦煌研究院的第 22 个年头。2000 年，张小刚从武汉大学毕业，"当时，我们这个专业还算比较好找工作，学校推荐我去中山市博物馆。"但他一门心思想着留武汉，准备去武汉市博物馆。

"既然想搞学术研究、搞业务，怎么不去敦煌？"一听得意门生如此打算，老师朱雷严厉"教训"他。

"老师这么一说，我就有点动心。"张小刚说，当时国家正在实施西部大开发战略，他也在琢磨西北是不是有更大的发展、学术上会不会有突破。"我很忐忑地给段文杰院长写了一封信。没想到他很快就回复我，同意接收。"

可后来，张小刚又打了退堂鼓，不想去了。别人提醒他，"那

●张小刚在研讨会上发言

么德高望重的老先生,亲自给你回信,你怎么说不去就不去了?"

张小刚心想,去就去。他有自己的"小算盘":先待两三年,将来如果不想待了,就去考研究生。主意打定,他就这么到了敦煌。

"来了之后,彭金章老师指导我开展学术研究,我入门也很快。"张小刚说,第二年他就参与整理发掘报告;2002年,就开始发表考古小文章。

2004年,敦煌学国际学术讨论会召开。根据会议议程,40名发言人中,敦煌研究院仅占8位。如此高规格会议,发言人自然要"有分量",要能体现学术水平。凭着过硬的学术素养,时年27岁的张小刚,成功入选。做完报告,底下有人告诉他:给你鼓了两次掌,一次是因为你年轻,一次是因为发言质量高。

到研究院工作4年后,张小刚已经发表数量众多的学术论文,有的还在《敦煌学季刊》上发表。"但还是觉得能力有不足,就找朱雷老师商量:您把我'发配'过来已经好几年,我想深造一下。"2005年,张小刚回到武汉大学开始硕博连读。

到了2008年,院里又有一个机会去日本东京艺术大学做访问学者,樊锦诗推荐了他。

"答辩完了没?完了就赶紧回来。"2011年,张小刚博士论文刚答辩完,樊锦诗一个电话就打了过来。

有老师、同学劝他:敦煌太艰苦了,还是想办法换个地方,"面壁"十年也够了,可以回来了。但导师朱雷依旧笃定:你还是得回去。张小刚就又回到了敦煌。直到现在，还有单位联系他跳槽，但张小刚一一婉拒。

"走的话，工资是现在两倍都不成问题。"张小刚像是直截了当，又像是喃喃自语："那我为啥不走呢？"

一是这里有事业。"我到别的地方去，可能继续做敦煌学术，也可能不做。但如果做，就不会那么方便。"张小刚说，他算是想开了，这一辈子没有多大的物质方面的追求，一年四季吃食堂、睡宿舍，"点最好的菜，一个月也不会超过1000块钱。而且，我有很多时间充实自己的研究。"

二是领导重视、同事期望。"在这里和同事们结下了深厚的情谊，这里也有我的事业。"张小刚说，他有时候也烦恼，但一到洞窟里就会静下来，"洞窟最早的距今1600多年，最晚的也得六七百年，我们的生命与之相比非常短暂。能为莫高窟做一点事情，这是我们这些人的责任和使命！"

"我们这里，很多人大学毕业后一辈子都在敦煌。比如，罗华庆副院长。"张小刚说起一件稍显心酸的"趣事"。罗华庆从来没有参加过家长会，孩子老师跟妈妈说，你们家小孩还挺开朗，没有受家庭影响导致心理障碍。听到这里，妻子才明白了，人家老师以为孩子是单亲家庭。趁罗华庆回家，妻子说：你赶紧去一次，证明孩子不是没有爸爸。

有一次去火车站，碰到罗院长，张小刚问他怎么不坐软卧。他说，自己一直坐硬卧，能给研究院节省一点就省一点，"我省了一点，也许别的地方就能宽裕一点。"

"大家都把这里当作自己的家，每个人都希望'家'

能发展好。"张小刚说，一代代人走过来，一代代牺牲奉献，"大家都是一心一意做学问，没有人讲排场、看官位、端架子，吃饭时院领导与职工一起排队，大家一视同仁。"

人的精力毕竟有限，给工作多一点，生活就要少一点。张小刚有时候觉得，对老婆孩子，他其实挺"自私"的。小孩刚过1岁，就送回了妻子的老家会宁农村，直到8岁才团聚；妻子从莫高窟调到兰州，家里的大事小情都由她一个人打理。

每次回家，张小刚都"夹着尾巴做人"——把米面油等重的东西买好，把家里要更换的电器收拾好，赔笑脸、说好话更不在话下，"总得做点什么，才让人觉得心里踏实。"

"莫高窟虽然地处大漠，也比较封闭，但这是老祖宗留下的瑰宝。出差时间一长，就想回来，在外面待不住。"他说，即使是离开敦煌的人，不论做不做相关专业，都不会说敦煌不好。

"二进窟"之后，张小刚像海绵吸水一样，更加努力钻研。不知不觉，就坚持了20年。他曾赴欧洲、南亚、中亚、东亚20余个国家或地区进行学术交流与考察。目前，张小刚已出版专著两部，在国家权威或核心期刊上发表论文30余篇，主持或参与10余项国家或省部级课题或项目。

敦煌工匠　　　　敦煌考古：板凳甘坐廿年冷

布展者的敦煌心灯
付华林的故事

"所谓敬畏,就是打心底觉得,这是我的敦煌,在这里,不管我从事什么,都充满价值和意义。"

一顶小礼帽,让付华林颇具艺术家气息。"关键是气质!"付华林爽朗一笑,"来杯咖啡吧,现磨的。"

话还得从 2012 年说起。大学毕业,付华林宅在家里读书,顺带思考着不可名状的未来。一个偶然机会,在网上看到了敦煌研究院招考信息。付华林说自己有些"佛系",既然看到了,那就报考吧。结果公示,第一名,被录取。家人高兴,专程开车送他去报到。

时值岁末,敦煌的冷,让付华林猝不及防,"主要风太硬。"付华林讲话不拐弯,有一说一,初到敦煌,其实无感,甚至想着"逃离"。怎么讲呢?琐碎的日常,会让人觉得,敦煌在历史上,敦煌在书本上,那是常书鸿、段文杰的敦煌,是樊锦诗的敦煌,

●付华林在展览现场

"但不是我的敦煌"。当时在图书馆工作的付华林,有些失望地想。

然而,密实的生活中,命运总有伏笔。那一天,好朋友结婚,他负责接送新娘的姑父。闲聊中,当老人得知付华林在莫高窟工作,猛地站了起来,又是递烟,又是握手,"我真是丈二的和尚——摸不着头脑!"付华林说,"开句玩笑,别是向我要莫高窟的票,我也搞不到啊!"再聊,才知道,早年间,老先生所在的单位,给敦煌研究院赠送过一台移动饮水车。段文杰院长亲自接待,并给他们讲解过洞窟。"段先生的风采,就是敦煌人的风采。"老人真诚地说。

"这个事儿,让我开始反思。"付华林说,一些属于敦煌人的精神,在心底开始觉醒。回敦煌后,他先到了三危山下的一片墓地,那里长眠着常书鸿、段文杰夫妇等老一辈敦煌人。"站在常先生的墓前,可以综观整个莫高窟。"付华林指着远处说。远处,沙海绵延。莫高窟聚沙成塔,成就了无数前来者心中最为珍贵的人间。"因为你是敦煌的付华林,所以别人高看一眼,这个不重要。"付华林说,重要的是,经过自己的努力和坚守,以后可以骄傲地告诉别人,这是付华林的敦煌。

守着图书馆,付华林说自己很"贪婪"。"在这里,会越来越觉得,敦煌文化博大精深、浩如烟海。当然,也越来越骄傲,无论在哪里,说起我的敦煌,一句话:气宇轩昂。"

这么说,无论是付华林,还是其他敦煌人,都有这个底气。那是2018年,名为"丝路明珠:敦煌石窟在威尼斯"的展览在意大利威尼斯大学展览空间开幕,这是敦煌艺术首次登陆威尼斯。

历史和现实,就是过去的时光,仍在今日的时光内部滴答作响。敦煌与威尼斯,相隔万里。早在公元14世纪,著名的威尼斯人马可·波罗,沿着古丝绸之路,来到东方。他在游记中关于河西走廊重要城市的记载,将中国甘肃与意大利威尼斯联系到了一起。

2018年,付华林已被调到了陈列中心。他是后期去做撤展工作的,到了威尼斯,策展人告诉付华林,敦煌艺术,无论在哪里,都是那么惊艳。最近有30多个展,总统点名只看"丝路明珠"。

交谈间,他的团队已开始工作。专注的精神、专业的拆装,让老外又一次竖起了大拇指。"他说敦煌的艺术惊艳,敦煌人对艺术的敬畏,一样令人惊艳。"付华林觉得,因为我们敬畏敦煌,所以别人才尊敬我们。所谓敬畏,就是打心底觉得,这是我的敦煌,在这里,不管我从事什么,都充满价值和意义。

敦煌,像一盏心灯,迟早会照亮每一个新来者。

天似穹庐,星垂平野,三危山托举明月。

"作为敦煌人,这夜色也看不够。"付华林说。

和敦煌奇妙的亲密感

王丽、边磊的故事

"前辈们的坚守,就像是一团火……从老先生们的微微火苗,到现在越来越多人来到莫高窟,研究、传承这里的文化,这把火越来越旺。"

一

1989年3月20日——敦煌研究院文化弘扬部游客服务科科长王丽清楚地记得自己初到莫高窟的日子。"没想到,这么快就30多年了!"

从老家酒泉到敦煌,王丽坐了10多个小时的车。晃晃悠悠的车上,她和一群青年男女拉歌、欢笑。但如今,原来的12人中只有3人在坚守。"那一天,天空湛蓝、白杨耸立,洞窟密密麻麻的,像蜂窝一样。"王丽回忆,到了晚上,他们在窟区散步,九层楼的风铃声阵阵,时光静谧、美好。

王丽最初的工作地点,在接待部。"第一次开会时,段文杰院

● 王丽

长穿了一件呢子面风衣,风度翩翩。他告诫我们,一定要沉下心来学习,还给我们列了书单。"王丽回忆着。

"沙弥说法沙门听,不在年高在性灵。"段文杰曾经给接待部送过这样一面锦旗。"这是对接待部职工的勉励和期望,希望我们沉下心来深入了解莫高窟。"王丽这样认为。

王丽干了将近20年讲解员工作。莫高窟刚开始实行的是甲、乙票,上午15个、下午15个,她常常忙得连轴转。一旦进洞窟,都没时间下来吃饭。现在,讲解员带客人,一般是1小时15分钟。过去,一带就是俩小时,一天至少2趟。"游客高峰时,我最多曾经带过4趟,还有的人带过 5 趟。讲得多了，体力是个大考验，也会影响与游客的互动交流。"王丽说。

洞窟里阴冷，很多讲解员都有咽炎、风湿病。王丽说，现在讲解员们夏天时早晨 5:30 上班，一个月只能休息 4 天；旺季一般会持续 100 多天，"天天像是打仗！"

从 1996 年开始，有同事因为各种问题开始离开，王丽也有过要走的想法。"在这里工作，一个现实问题就是谈婚论嫁，选择面很窄，许多人都是内部解决。"王丽的老公是敦煌市中学教师，同事们常开她玩笑，说她是山里人嫁给了城里人。

心理波动两三年后，王丽就觉得再也离不开了。"冥冥之中，与莫高窟有一种说不清道不明的情愫，在牵引着我。后来觉得与这个地方水乳交融在一起，打上了烙印。"

她对前辈们之所以能在这里坚守，也有了共鸣和理解。"就像是一团火：从老先生们的微微火苗，到现在越来越多人来到莫高窟，研究、传承这里的文化，这把火越来越旺。我也为自己能出一份力而骄傲。"王丽说，如今时间长了不进洞窟，反而觉得浑身不自在。

当时，敦煌研究院留不住更多人才，就开始自己培养。研究院要求，每个讲解员都要掌握一门外语；每年旅游淡季，还要选拔一些讲解员赴国内知名的外国语大学，学习语言或者继续深造。现在，这支队伍已拥有英、日、法、德、韩、俄 6 种外语人才，可以提供包括中文在内的 7 种语言的解说服务。

1990 年，研究院选拔王丽到北京第二外国语学院进修，学习英语。不仅公费读书，而且还带工资，两年脱产学习后再回到研究院工作。"我那时工资只有68块钱，上学学费是一年1800元钱。直到现在，都很感激单位对我的培养。"王丽说。除此之外，在不同时期，都有很多老专家给讲解员上课，把他们最新的研究成果毫无保留地分享出来，"再由我们讲解给游客听，给游客最好的参观体验。"

培训、上课，大部分是在冬季游客较少的时候。王丽至今仍然记得，彭金章提着一个小包包，穿过风雪来上课的样子。

"他西装笔挺，从不坐下。为了让我们理解清楚，幻灯片制作得很精美。讲完之后，再带着我们到洞窟里去比对。"王丽说，他上课从来不迟到。"讲述洞窟内容的时候，眼神炯炯、一丝不苟。语言也生动有趣，一点也不枯燥，感觉没过多久就下课了。"

"段文杰院长也是这样。"王丽有一次带游客时，发现段院长在向游客讲解洞窟内容。"那时候，他已经不能长时间站立，讲一会儿，就要坐到轮椅上，这让我很受触动。"

"前辈们对我们，既是领导，又是父辈的感觉。"王丽说，老先生们对年轻人特别好，经常自掏腰包，请大家吃饭。"樊院长还经常把她老家寄来的月饼等特产，分给我们吃。"

王丽说，她常感觉自己与敦煌、与莫高窟的这份情，仿佛就是命中注定。能够长相厮守，实在三生有幸！

二

在莫高窟，讲解员是将博大精深的敦煌文化和游客嫁接起来的一座桥梁，许多游客和莫高窟的"第一次接触"，便是通过讲解员的讲述。讲解员水平的高低，决定了游客对于莫高窟的第一印象。70来分钟，讲解员需要让游客在欣赏洞窟的同时，快速了解洞窟的知识，认识莫高窟的价值。

如果你来过敦煌莫高窟，听过专业讲解员的讲解，那你一定会惊讶于他们的好记性和专业性。他们的讲解，就像这包罗万象的壁画一样。他们的脑海中关于莫高窟的知识十分丰富。你抛出疑问，想要难倒他们，但他们见招拆招，信手拈来侃侃而谈。

这种讲解并不是刻板的、机械的，不是仅仅介绍莫高窟的背景知识，而是灵活的、有血有肉的。讲解的内

●边磊在为游客讲解莫高窟壁画

容是持续更新的。讲解员们会将最新的研究资料和研究成果介绍给你，一年前来、半年前来、今天来，听到的都是不完全一样的故事。

时光如白驹过隙。从2007年4月2日到今天，从不知道释迦牟尼是谁，到形成了自己"温文尔雅、专业负责"的讲解风格，资深讲解员边磊已经在莫高窟默默坚守了十多年。

"我们有一个基本的文物保护底线和原则，就是文物为不可再生资源，所以，我们都是保持原状态。对于这样的画面，我们不去做氧化还原这种画蛇添足的事情，但是会做延续生命的事情，就是给它做微创手术。我们会用物理、化学、生物学的办法，甚至计算机的办法，多学科交叉进行微创手术的修复。修复，不是去重新填色，不是去重新画，不是去重新塑，而是给它做到延续生命的状态。"当解释到壁画脱色，为什么不去重新修补的问题，边磊耐心细致地回答着游客。

尽管边磊是近视眼，但进入光线很不好的洞窟，他依旧不佩戴眼镜，因为每年近500场、超过1000小时的讲解，使他对讲解内容已烂熟于心，熟讲自如。你夸他，他会说，"研究院像我一样的工作人员很多，你们过奖了，面对莫高窟我们都只是小学生。"

边磊的讲解本领，也是在不断讲解中磨炼出来的。一次，为一位东北老婆婆讲解的经历让他记忆犹新。有一年夏天中午过后，天气比较热，游客们排着长队检票。他当时在莫高窟小牌坊入口，有一个中年男士半搀扶着老婆婆到他跟前，大致说了老婆婆眼睛几乎看不到，没

● 榆林窟第29窟男供养人,西夏

● 莫高窟第103窟东壁北侧《维摩诘经变》文殊菩萨,盛唐。与维摩诘对谈的文殊菩萨手持如意,神态安详从容

有办法跟随游客们排队和分组参观,而且她是一个人到敦煌,能不能特殊照顾一下。

经过询问边磊才知道,老婆婆是高度弱视。两人并排这样的距离,老婆婆也看不清楚边磊的长相。边磊想了想,就单独陪着老婆婆到了就近的第29窟,给她描述了洞窟里真人大小的泥塑佛像,还有密密麻麻的壁画佛像。边磊向老婆婆描述说,每一身画出来的佛像大概和普通人的脸一样大,而且就像阅兵一样画得整整齐齐。之后他又搀扶着老婆婆到第96窟,给她描述大佛,有35.5米高、将近12层楼的高度。老婆婆眼睛几乎看不到,但她真切的言语,让边磊觉得她很光明。

敦煌工匠 和敦煌奇妙的亲密感

"听完讲解后,婆婆特别激动,虽然不太能看见,但是给她讲解的时候,感觉她发自内心地喜欢敦煌壁画。她整个人几乎要贴到壁画上面,就那么近,是发自内心的喜欢。她一直抓着我的手,还让我用纸条写下姓名和电话。一个星期后她专门打电话给我报平安,说特别感谢我让她'看'到了莫高窟。"

听到这些真心的回馈,边磊笑了。"很遗憾我之后换了电话号码,也没能存下老婆婆的电话,所以也没有了联系。如果有联系我会给她邮寄一本敦煌画册,祝愿她生活幸福。"

他还告诉游客,与惯常的理解不同,壁画中的反弹琵琶不一定是在真实地弹奏琵琶,也可能只是用乐器表现了一种舞蹈造型。

"知道的越多,不知道的就更多。"敦煌学研究永无止境,讲解员的讲解也是如此,但他们并不孤独,也很自信,因为,他们的背后是整个敦煌研究院。

想起最初到敦煌应聘,边磊十分"忐忑":资深专家彭金章老师从招聘讲解员开始,亲自把关,拿着尺子量应聘者的身高。考核他们的是敦煌学的专家,讲解员肚子里有没有墨水,张口便知。2007年与边磊一同参加应聘的有700多人,最后入选的只有16人,是真正的百里挑一。

此心安处是归处。尽管这份工作"费人"而且"强度又大",但是讲解员流动性不大,哪怕夏天酷热难当、冬天寒风刺骨。

边磊现在一进洞窟,就会有一种奇妙的亲密感。冥冥之中，他觉得曾经陌生而神秘的洞窟如今是如此亲切，让人熟稔而又愿意与之亲近。将自己融入其中，他的讲解也变得更加有温度了。

"老一辈莫高窟人喝着苦水、吃着夹杂着沙土的粗盐拌面、睡土炕，忍受着极其艰苦的生活条件。当时面对的是残岩断壁、沙土堆积、满目疮痍的莫高窟。但是他们用双手清理了几百年近十万立方米的积沙，用煤油灯微弱的光源为我们临摹保存了几千平方米的壁画。"

边磊在讲到《萨埵太子舍身饲虎》的故事时就会和游客说到常书鸿先生一生奉献莫高窟的精神；当讲到莫高窟第130窟的《都督夫人礼佛图》时就会和大家分享，说是段文杰院长用"一画入眼中，万事离心头"的十二分投入，用了近两年的时间潜心研究，把这幅面目全非的壁画复原、临摹成了千年前的容貌。

当游客们问到莫高窟会不会消失的时候，他会含蓄而深情地这样回答，70多年来一批批敦煌人，像爱护自己的眼睛一样爱护这儿的每一寸壁画。

文物安保：做好石窟卫士
张帅的故事

「文物安全是文物工作的红线、底线和生命线，安保工作的底线就是做好石窟卫士。也只有理解敦煌的价值，才能真正守护好它。」

"没想到会在莫高窟待这么多年，是真没想到。""80后"张帅学的是电子信息工程，2007年大学毕业后，抱着"先干一干"的想法，他来到了研究院，主要做文物安全技术防范工作。

初来乍到，值班时一晚上两次巡逻查岗，冬天冻人，仅有几盏路灯放出星星点点的光，灯一灭，格外冷寂。张帅回忆起刚到院里的时候，晚上值班要和值班的老同志一起绕整个核心区域步行检查一圈。寒夜寂静得出奇，也冻得出奇。

与辛苦相对的另一面，是成长和历练。

处里比较注重对年轻人的培养。来了不久，领导就安排张帅到兰州等地，进行安防产品和技术的调研。那些年，作为兰州IT产业聚集地的兰州科技街和兰大电脑城基本让他翻了个底朝天，

● 2012年6月,洪水抢险后的张帅

各类安防产品的型号、价格、性能,细细碎碎的东西都谙熟于心,技术水平、与人打交道的能力也是在那时慢慢培养起来的。

有了一年多的积累,到了2008年,作为莫高窟保护利用工程重要子项目之一的安防工程开始启动实施。他从项目初始阶段就参与现场勘查、方案设计、设备选型等工作,经常与设计院、安防厂家、文博安防专家进行交流、学习,忙得不可开交。但也正是因为这样的深度参与,让他得以快速成长。一边是保卫处日常的安全巡护;另一边,他还要把很大一部分精力,投入安防工程建设中,系统建设所需安防技术知识必须从头开始学起。他回忆起自己那时候的状态:"忙得像个陀螺。"

那时候,张帅住在单位的职工公寓,每天晚上吃过饭都会到办公室加班。这样的日子持续了两年多,但他从来没有一句怨言。他始终记得,单位入职培训时,老师讲的樊院长对年轻人的期望是"扎根敦煌、热爱敦煌、奉献敦煌"。也正是有老一辈专家这样的谆谆教诲,让他能够坚持下来,在莫高窟长期待下去;也正是因为这样的用心参与学习,让他快速成为单位安全技术防范工作的业务骨干。

"这个工程对当时莫高窟整个安防系统进行了全面的升级和建设,对于面向游客开放的文物展示区域、文物展馆,进行了全覆盖。考虑到文物保护,莫高窟安防系统的建设难度更高,除了要满足技术和功能要求,还要考虑与洞窟环境的相适应,与周边环境的相协调,比如说,窟前区域的监控立杆,实施期间样式前后改了七八

次，最后才做成仿杨树颜色的立杆。"

张帅认为，文博安防系统属于高风险对象的安全技术防范系统，风险等级和防护要求相当高。莫高窟作为一级风险单位，也是石窟寺类文物的代表，其安防系统的建设必须有更高、更新的要求。现在莫高窟完善了纵深防护体系，建立了核心区域的周界、监视区、防护区和禁区，系统由入侵报警、音视频监控、出入口控制、专用通信、应急广播等组成，通过综合管理平台进行集中管理，为守卫莫高窟的安全发挥着作用。

随着安防工程的建设，敦煌研究院逐步建立了自己的技防团队。张帅在一开始就跟着建设团队进行业务技能的学习，从中不断汲取营养。这样做的原因一方面是系统实施单位是北京的单位，因为地域限制，运维工作不可能做到实时响应，敦煌本地又没有有能力的公司来承接这项工作；另一方面是通过自身的学习，系统质保期过去之后，自己的队伍也能够进行系统运行维护，为单位省了钱，自己也更安心。

随着对工作的逐步适应，张帅干得越来越顺手，"去与留"的问题也时常让他心思略有浮动。"离家远，老家在临潼，家里也照顾不上，想着要离家近一点，起码能照顾上父母。"

2011年左右，张帅心思有点波动，时间也很好，跳槽也有一定的工作经验。但是手头的工作一个接一个，当时就没有走。另一个原因，是对工作已经有点感情了。

"稍微犹豫了一下，就撂下了。好多安防基础设施的建设又缺人手，在这里能发挥自己所长，就没有走。"接下来，全院的数字通信指挥系统的建设、2014—2016 年西千佛洞安防系统的立项和建设、2016—2018 年榆林窟安防系统的建设、2018 年莫高窟消防工程的建设，一个接一个的工作给了张帅施展的空间，也让他越来越离不开莫高窟。张帅说，他们出去和别的同行交流非常自豪。在敦煌研究院工作，别人对他们、对研究院的认同感都比较高。

"近几年，随着莫高窟的持续火爆，我们保卫处整个旺季的工作压力特别大。"

"工作十几年，我只有一个国庆节因为母亲重病请假不在岗。随着保卫工作职责的变化，全院安全生产方面，现在都是我们监管，越来越觉得任务很重，需要的专业知识也越来越杂，觉得'本领恐慌'。要想跟上院里的发展和这种新的形势，就得加强学习。"

从 2007 年 7 月参加工作开始，张帅一直在敦煌研究院保卫处工作。在同一个地方、同一个岗位，张帅甘于平淡坚守了十几年。在年轻人面对着更多样化的选择和更多诱惑的今天，这样的坚守并不容易。2020 年年初，张帅走上了新的工作岗位：保卫处副处长、保卫处党支部副书记。

谈起莫高窟，他有了更深的认识："文物安全是文物工作的红线、底线和生命线，我们工作的底线就是做好石窟卫士，也只有理解敦煌的价值，才能真正守护好它。说到底就是要把莫高窟给守护好。"

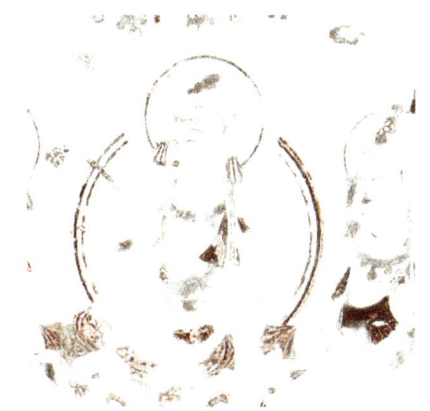

人在"后台",心系"前台"
狄会忠、吕天祥的故事

在敦煌研究院,行政工作和业务工作,就像一出戏的后台、前台。后台搭台、前台唱戏。

一

到莫高窟工作时,狄会忠只有18岁。

1980年年底,为了解决人才短缺问题,时任敦煌文物研究所所长段文杰决定,从当年没考上大学的高中毕业生中,招收一批工作人员。"当时,我们一起来的有20多人,如今还在的有一半多。"老家在酒泉市肃州区的狄会忠,毫不犹豫地报了名,但那时他对莫高窟其实了解不多。"火车坐了一天才到。"

"喝的水咸咸的,还以为是天气热导致体内盐分丢失,所以要补充盐分。"回忆起初到莫高窟的"糗事",狄会忠颇有些不好意思。"大泉河的水,又咸又苦,含氟量很高。冬天要破冰取水,提

● 敦煌研究院工会主席狄会忠

● 吕天祥（左三）在展示中心工作（左一为敦煌研究院名誉院长樊锦诗，左二为时任敦煌研究院院长王旭东）

着桶子就去了。"狄会忠慨叹,那时"真是太年轻",不过他们并不以为意。

"所里总共69个人,大家都以苦为乐。"狄会忠说,当时只有一台老式柴油发电机,但白天用不起,只有晚上8点到11点供电。"电器只有照明灯泡,一盏路灯都没有。要是晚上出门,必须得靠手电筒。"

饮食也很简单。夏天蔬菜种类花样多,自己还种点茄子、辣椒、西红柿,冬天就只能啃土豆、洋葱和萝卜。最难熬的是取暖,不管是搞学术的研究员,还是普通职工,都要自己动手生炉子。

"平时烧的,是我们自己打的煤砖。每人限量供应100斤块煤,只有三九天时才舍得用。"狄会忠说,但即使生了炉子,好多人第二天起床时,眉毛胡子上全是霜,活像个圣诞老人。

当时,停电、停水很正常,连续好几天不停,大家反而觉得不正常。直到1982年,研究所才有了暖气锅炉。娱乐活动就是去敦煌县城看电影,出去是下坡,一小时;回来是上坡,两到两个半小时。平时,大家一起打打排球、篮球。

"见我们的第一面,段先生就说,这里清净,是读书学习的好地方。你们既要向老先生们多多学习,自己也要加强学习。"狄会忠回忆,当时研究所就思想单纯、风气很正。

1983年,段文杰的老伴去世后,一个人在敦煌生活。他一边做饭,一边看书写文章,经常把饭做煳。

当时有个说法:敦煌在中国,敦煌学在国外。老学者一天当两天用,夜以继日研究,要出成果。"即使是在出差路上,段先生也是手不释卷,只要有空闲就在看书。"狄会忠说,那时候,出国还是稀罕事,有"四大件""四小件"指标,但段文杰从来没有为自己买过啥,要么是把指标给别人,要么用讲学讲课费用给院里买资料书籍。"资料中心还没有《西洋美术史》,他说没有比较就没有鉴别,用自己的钱给单位买了两套。"

从1981年到现在,狄会忠在这里工作了40多个年头。能坚持,就是深受老一辈言传身教。"取得的成果,虽然我们没有名字,默默无闻,也为此发自内心地感到骄傲、自豪。"狄会忠说。

二

1982年3月26日,吕天祥清楚地记得自己到敦煌研究院工作的日子。此前,他在敦煌县供水站当临时工。当时,邓小平视察莫高窟之后,研究院开始改造基础设施。其中,新打的一口深井需要找人安装自来水设备,供水站推荐了他。

1985年冬天,吕天祥拎着大包小包回老家青海省海西州参加公检法招考。路上,碰见了几个研究院的老研究员,其中就有樊锦诗院长。

老研究员们一边劝吕天祥留下来,一边对樊锦诗说,这么踏实肯干的小伙子,走了很可惜。樊锦诗说:"这样吧,你回家考试,考上了有了干部身份,就把你调过来;考不上,就回来接着干,以后一有名额就给你。"后来,吕天祥考了第四名,樊锦诗真把他调了过来。从那之后,

吕天祥再也没想过离开敦煌研究院。

吕天祥也曾想过转岗,但是樊锦诗告诉他,"择一事、终一生,你不要嫌官小。"他真的在水电岗位上干了一辈子,2020年退休。"我见证了20世纪80年代以来研究院水、电、暖设施建设改造的全过程。说实话,条件是比原来好了,但是与城市相比,还是薄弱一些。"

直到1982年,研究所才有了暖气锅炉。当时停电、停水很正常。"有一次发电机坏了,电停了3天。段所长家里上下水和供暖管道全部冻住,我们在管道旁烤火才修好。当时,我们都觉得是工作没干好,可恢复之后,段所长却说这不算啥。"

听老工人说,以前的发电机,需要人工摇着发电。发电机很沉,后来老出故障,需要好几个人接力摇。这时候,所里的壮劳力就排成一队,段所长因为人高马大,经常是第一位。有一次,绳子没挂住,大家全摔倒在地上。可谁也不叫苦,哈哈一笑之后,接着摇。

1984年,敦煌文物研究所扩建为敦煌研究院。这些年来,研究院事业发展速度比基础设施速度要快得多。但是,为了这点家底,有的人甚至为此付出了生命。比如,敦煌研究院办公室原主任兼工程办主任陈明福。

新办公楼建成后,供水供电设备一直欠缺。陈明福有个朋友,在阿克塞县石棉矿工作,他那儿有一台闲置的发电机。当时敦煌研究院一没钱二没指标,陈明福就想着买二手发电机,花钱又少,还不用指标。1986年7月5日,在返程途中,因乘坐的拖拉机爆胎翻车,陈明福不幸去世,年仅53岁。

新办公区，室内水电有规划设计方案，但是室外的啥也没有，只能凭自己琢磨。有一次，陈明福带吕天祥和司机去酒泉买水管和井盖。买完之后，老板说，装车费2元。陈主任跟他俩讲，咱们自己辛苦些，给单位省下这钱。他们仨人一起，抱着井盖就往车上装，一共装了15个。

拉了整车东西，路况又不好，赶夜路不安全，也赶不回来，他们就在酒泉住了一晚上。当时，陈明福是办公室主任，分管财务工作，他可以住城区的招待所，但是他把吕天祥和司机带到了城外，住西峰公社旅社，一张床一天1元钱。"我和陈主任睡一个屋。上床之后，发现被子上很多虱子，我俩就找来竹片拍被子。"吕天祥说。

第二天一早，司机说，他那屋也有虱子，但怕咬，就穿着衣服睡的。陈主任笑着说，真是个傻小子，你穿着衣服睡，虱子不都跟着跑到你家里了吗？回到敦煌之后，陈主任带吕天祥去后山沟的水渠里洗澡。水渠很窄，水量也不大。直到1986年，职工们才洗上热水澡。在现在职工餐厅南边，有个公共浴室。男女隔天洗。洗澡的时候，先进去的还不能关门，否则得光着身子给后来的人开门。有一天，吕天祥和另外一个同事正在洗澡呢，就听见门一开"啊"了一声，原来是有女同事记错日子了。

有一年大年初二，吕天祥去给贺世哲、施萍婷夫妇家修暖气片，忘了给锅炉房打招呼关阀门。结果，快要修好的时候，突然来水，水渍溅湿了墙上的一幅字。

看到施萍婷先生有些不悦，吕天祥很不好意思，说：你把这幅字给我，我明天到新华书店买一幅新的。这一说，倒把施先生"气"笑了："你这人，真是又可气又可笑，还有点可爱！"后来，吕天祥才知道，那幅字是季羡林写的。

敦煌研究院有一条"潜规则"：不管在哪个岗位，都不能放弃学习，都要追求进步。1988年，吕天祥考上了甘肃工业大学（2003年更名为兰州理工大学）应用化学专业。有人说，专业人才上学的钱都不够，你还想去上，咋可能？可段文杰安慰他：你尽管去上，学费单位来出！

2015年的一天，敦煌研究院时任副院长赵友贤为外国专家做学术报告时，正放着PPT，电突然停了40多分钟。原来是发电机连续运转十几个小时，加上用电量超出负荷，出现电缆过热导致断电。当时来了好几个国家的专家，樊锦诗院长把他狠狠训了一顿，说这真是开了"国际玩笑"。

虽然论文等研究成果上没有狄会忠、吕天祥他们的名字，但正是这群默默无闻的奉献者，勤勤恳恳地做

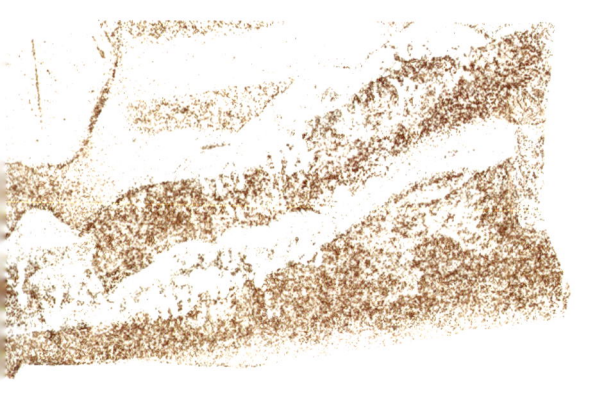

着保障工作，才使得学者、专家们能够心无旁骛地开展研究。

在敦煌研究院，行政工作和业务工作，就像一出戏的后台、前台，后台搭台、前台唱戏。前辈们经常说，业务人员要尊重行政后勤人员的劳动，后勤保障人员要保障业务工作顺利开展，"互不尊重，只有一起垮台"。

许多后勤保障人员都说，搞研究的学者们都很宽厚，从来不觉得他们是工人就看不起，都是一视同仁。"在研究院这么多年，我们早已把这里当成了家。这里的一切，都融入了血液中、刻在了基因里。"吕天祥这样说。

尾声

尾声

为什么寂寞如斯却甘之如饴?因为莫高窟在那里,怕它老去、怕它离去、怕人类永远失去这份珍贵的记忆。

九层楼前,铃铎随风声而动,叮叮咚咚,清脆婉转。隆冬时节,莫高窟下起了纷纷飞雪,整个世界登时变得分外澄澈。

踏雪走进敦煌研究院院史陈列馆。一张张图片、一张张色彩斑斓的油画和低矮简陋的办公环境对比鲜明,让人心生感动。常书鸿先生故居内,一切家具的摆放一如先生生前。

简洁而又不失意趣的陈列,让人看到初代敦煌人在困顿中面对生活的不屈和坚守——在最困苦的时候,他们仍然没有丧失信仰,没有丧失对艺术和美的追求。

千年前,信徒开凿洞窟,诚心礼佛。千年后,新一代敦煌人潜心钻研,默默替人类守护着这份独一无二的世界文化遗产。70多年来,常书鸿先生、段文杰先生、樊锦诗先生,以及几代敦煌

尾 声

● 莫高窟九层楼

● 莫高窟第 272 窟西壁龛外南侧听法菩萨、十六国。此窟主室为长方形，覆斗顶。图中每身菩萨表情不一，姿态各异。受印度舞蹈风格影响，菩萨多有侧目、弄指、拧腰、跷脚等动作，表现出听佛说法时欣喜热烈的场面。全画以土红为底色，人物以石绿、石青、白色为主，色调热烈明快。在人物勾勒上，采用西域凹凸画法，以褐色勾勒人物轮廓，白色点染鼻子和眼睛的隆起部位，立体效果明显，为敦煌早期石窟艺术特色

尾 声

● 榆林窟第 3 窟西壁普贤
菩萨，西夏

人薪火相传，使留存至今的石窟、彩塑和壁画逐步得到修复和保护，敦煌昔日的容颜逐渐清晰起来。

每个敦煌人，都是"自投罗网"来的。人们坚守大漠、甘于奉献、勇于担当，目的是"开拓进取"。不断开拓、不断探索、不断前进。

敦煌研究院文物保护利用群体70余年不间断的接续奋斗，使敦煌莫高窟的永久保存、永续利用成为可能，也铸就了一座永不褪色的精神丰碑。

改革开放为敦煌研究院带来全新气象，许多风华正茂的青年学子从四面八方来到大漠深处。

敦煌研究院第四任院长王旭东第一次到莫高窟时，对莫高窟一无所知。他曾有着年轻人看不到前路的迷茫。而一天傍晚，当他散步到九层楼附近时，万籁俱寂，一阵风吹过，九层楼的铁马叮当作响。

那一刻，是做水利工程师还是石窟保护者的纠结烟消云散。后来，"理工男"王旭东以特有的理性冷静为敦煌做出自己贡献的同时，也越来越感性地表达出对那些"石头和泥巴"的无限热爱。从敦煌莫高窟这座灿烂的文化宝库中，他感受到渗入中华民族血脉的文化力量。

樊锦诗说，在倡导"创造性转化，创新性发展"的新时代，面对祖先留下的文化遗产，如何永久保存、永续利用，是时代交付给敦煌人的使命。经过几代人的摸索与付出，敦煌研究院在这一方面初步积累了适合敦煌、适合我国国情的探索经验。

和敦煌一样，不可永生、不可再生的历史文化遗存，在中国大地上还有更多。我们以百年大计、千年大计来

榆林窟第6窟
窟室内景及大佛，唐

保护莫高窟，我们也要以同样的历史眼光来保护其他文物古迹；切不可只图眼前利益，而牺牲古老的文化遗存及其赋存环境的真实性和完整性。

斗转星移，岁月如流水般划过。

如今的敦煌研究院，早已不是过去的模样，条件有了很大改善。在职工食堂，新鲜的果蔬可以按需取用，排骨、面条、汤食，适于大江南北各种人的口味。院里有补贴，饭菜价钱更是实惠，厨师在想方设法给这些沙漠中的"苦修者"换换花样和口味，让他们工作起来更为舒心。

不同于以前进城大费周折、为了省钱而使劲儿奔波的辛酸岁月，现在，早已有班车直通在敦煌城里的职工宿舍和三危山下的敦煌研究院本部。用水、用电、取暖设施也早已经改进，再也不用过那种挨冻和洗不上澡的苦日子了。

● 莫高窟第 217 窟南壁中部《法华经变》(局部),初唐。此窟建于唐神龙年间(705—707)。图中听法菩萨衣服、手势、动作各不相同。菩萨或坐或立,远近高低错落有致,既表现了不同身份,也使画面构图灵动不拘如今，在敦煌研究院工作的年轻人，工作的设备都是按照需要配备，再也不是过去那"短斤少两"的年代了，硬件设施有了质的飞跃。软件方面，更广阔的天地向他们敞开：在人才培养和学术交流方面，这里的年轻人如今有着更多的机会可以施展。"敦煌在中国、敦煌学在世界。"如今，这里的年轻人，他们面对的诱惑更多、选择更多，但他们面对的舞台也更加广阔、眼界更加宽广。正如兼容并包的敦煌文化一样，敦煌研究院也持一种开放的心态：十分注重人才的培养，创造机会让年轻人重返大学，攻读硕博学位，出国深造，广泛参与国际合作项目等。他们守正创新，在这个更广阔的国际化舞台上发声，传承创新着千年莫高窟所承载的优秀传统文化。

从九层楼往回走，满天繁星，月华如水。阵阵风儿掠过白杨树，沙沙作响。如今的樊锦诗，已从红颜少女变成了华发老人。"大家都知道樊锦诗，其实樊锦诗没什么了不起，只是沾了莫高窟的光，还有老彭的支持。"樊锦诗说，爱人老彭在敦煌找到了他自己擅长的研究工作，也越来越喜欢敦煌。

为什么舍妻离子却无怨无悔？为什么寂寞如斯却甘之如饴？

因为莫高窟在那里，怕它老去，怕它离去，怕人类永远失去这份珍贵的记忆。

敦煌，像一盏心灯，迟早会照亮每一个新来者。"90后"王嘉奇，此前的微信朋友圈尽是吃喝游玩的生活片段，自从进入敦煌研究院成为这里的一员后，朋友圈则是苍茫大漠、寂寂石窟，并深深地感慨"人间有味是清欢"。他说："与窟外的荒凉相比，窟内的繁华足以留住我的青春，因为我有梦想，我有未来。"

对每一个敦煌人来说，这是你的敦煌、我的敦煌，亦是世人心目中的敦煌：与莫高窟朝夕相处，我就像是长在敦煌这棵大树上头的枝条，离开就好像在精神上被连根砍断……

我们敬畏敦煌，就是打心底觉得，这是我的敦煌，在这里，不管我从事什么，都充满价值和意义……

每年清明，敦煌研究院全院上下都会到大泉河畔扫墓。这是敦煌人的传统。人们默默地追思和怀念那些已逝的老先生们。

毕可、许安、李复、陈明福、潘玉闪、刘曼云、窦占彪、刘镖、赵友贤、龙时英、马金花、陈亦农、孙修身、吴小弟、常书鸿、杨汉璋、李仁章、吴兴善、霍熙亮、段文杰、贺世哲、张学荣、李其琼、范华、史苇湘、欧阳琳、李最雄、孙纪元等28名员工，长眠于三危山下，阻狂风挡暴雨、遮冰雪蔽沙尘，生前身后永远守护莫高窟。

樊锦诗、孙儒僩、李云鹤、赵声良、苏伯民、娄婕、李晓玉、俞天秀、安慧莉、李萍、张晓刚、付华林、王丽、边磊、张帅、狄会忠、吕天祥……许许多多的敦煌守护人，扎根戈壁，和着大地深处的呼吸，望向太阳升起的方向……

那光芒穿透了千年的历史瞬间，照向的是更加广阔的未来。

尾 声

● 敦煌莫高窟九层楼远景

致 敬

以下为1966年前到敦煌工作的部分人员名单，以到院时间为序；他们中很多人择一事、终一生，与所有敦煌守护人一道，共同构筑了莫高精神。

1. 常书鸿（1904—1994），男，满族，1943年到院工作，1982年底调任国家文物局顾问
2. 窦占彪（1917—1990），男，汉族，1943年到院工作，1989年退休
3. 范　华（1925—2015），男，汉族，1944年到院工作，1985年退休
4. 霍熙亮（1915—2005），男，汉族，1946年到院工作，1986年退休
5. 段文杰（1917—2011），男，汉族，1946年到院工作
6. 欧阳琳（1924—2016），女，汉族，1947年到院工作，1986年退休
7. 李承仙（1924—2003），女，汉族，1947年到院工作，1973年调离
8. 史苇湘（1924—2000），男，汉族，1948年到院工作，1993年退休
9. 周德雄（1922—1988），男，汉族，1951年到院工作，1981年退休
10. 李其琼（1925—2012），女，汉族，1952年到院工作，1993年退休
11. 祁　铎（1935—1992），男，汉族，1952年到院工作
12. 傅吉庆（1935—　　　），男，汉族，1953年到院工作，1994年退休
13. 李　复（1924—1986），男，汉族，1953年到院工作，1981年退休
14. 关友惠（1932—　　　），男，汉族，1953年到院工作，1993年退休
15. 郭进仁（1940—2006），男，汉族，1953年到院工作，2000年退休
16. 冯仲年（不详），男，汉族，1953年到院工作，1973年调离

17. 杨同乐（1930—　　），男，汉族，1953年到院工作，1956年调离
18. 孙纪元（1932—2021），男，汉族，1953年到院工作，1984年调离
19. 李贞伯（1914—2004），男，汉族，1954年到院工作，1986年退休
20. 万庚育（1922—2020），男，汉族，1955年到院工作，1991年退休
21. 巩　金（1925—2013），男，汉族，1955年到院工作，1981年退休
22. 张学荣（1932—2012），男，汉族，1956年到院工作，1993年退休
23. 唐秀珍（1936—2005），女，汉族，1956年到院工作，1985年退休
24. 李云鹤（1932—　　），男，汉族，1956年到院工作，1998年退休
25. 王　柄（1927—1988），男，汉族，1956年到院工作，1981年退休
26. 何静珍（1938—　　），女，汉族，1957年到院工作，1994年退休
27. 许连柱（1936—2005），男，汉族，1957年到院工作，1984年退休
28. 刘玉权（1937—　　），男，汉族，1959年到院工作，2002年退休
29. 施娉婷（1932—　　），女，汉族，1961年到院工作，1998年退休
30. 马竞弛（1943—　　），男，汉族，1961年到院工作，2003年退休
31. 贺世哲（1930—2011），男，汉族，1961年到院工作，1993年退休
32. 潘玉闪（1931—1989），男，汉族，1961年到院工作
33. 苏永年（不详），男，汉族，1961年到院工作，1978年退休
34. 姜　豪（1908—2008），男，汉族，1962年到院工作，1980年调离
35. 何　鄂（1937—　　），女，汉族，1962年到院工作，1974年调离
36. 刘忠贵（不详），男，汉族，1962年到院工作，1974年调离
37. 李永宁（1932—　　），男，汉族，1962年到院工作，1995年退休

38. 樊锦诗（1938—   ），女，汉族，1963年到院工作，2018年退休
39. 孙国璋（1930—   ），男，汉族，1963年到院工作，1973年调离
40. 马世长（1936—2013），男，汉族，1963年到院工作，1980年调离
41. 孙修身（1935—2000），男，汉族，1963年到院工作，1999年退休
42. 侯　兴（1940—2021），男，汉族，1963年到院工作，1994年退休
43. 李振甫（1940—   ），男，汉族，1964年到院工作，2003年退休

　　此外，敦煌艺术研究所成立之初，董希文、张民权、李浴、史岩、苏莹辉、陈芝秀、龚祥礼、郭世清、柳维和、沈福文、阎文儒、吕斯百、陈士文、罗寄梅、顾廷鹏、盛学明、邵芳、潘絜兹、赵冠洲、李毅夫、贺公仆等一批画家和学者先后奔赴敦煌莫高窟，他们在常书鸿先生的带领下，与研究所的全体工作人员一起，筚路蓝缕，开创了敦煌莫高窟的保护与研究事业。

图书在版编目（CIP）数据

敦煌守护人 / 董洪亮等著 . — 北京：人民日报出版社，2022.5
ISBN 978-7-5115-7207-3

Ⅰ.①敦… Ⅱ.①董… Ⅲ.①纪实文学－中国－当代 Ⅳ.① I25

中国版本图书馆 CIP 数据核字（2021）第 259364 号

书　　名	敦煌守护人 DUNHUANG SHOUHUREN
著　　者	董洪亮　王锦涛　付文　银燕
出 版 人	刘华新
责任编辑	宋　娜　刘思捷
书籍设计	秦志超
出版发行	人民日报出版社
社　　址	北京金台西路 2 号
邮政编码	100733
发行热线	（010）65369527　65369846　65369509　65369512
邮购热线	（010）65369530　65363527
编辑热线	（010）65369521
网　　址	www.peopledailypress.com
经　　销	新华书店
印　　刷	北京盛通印刷股份有限公司
法律顾问	北京科宇律师事务所　010-83622312
开　　本	880mm×1230mm　1/32
字　　数	196 千字
印　　张	9
版次印次	2022 年 5 月第 1 版　2022 年 5 月第 1 次印刷
书　　号	ISBN 978-7-5115-7207-3
定　　价	68.00 元

20世纪20年代莫高窟南区全景图
陈梦楚依据历史资料绘制

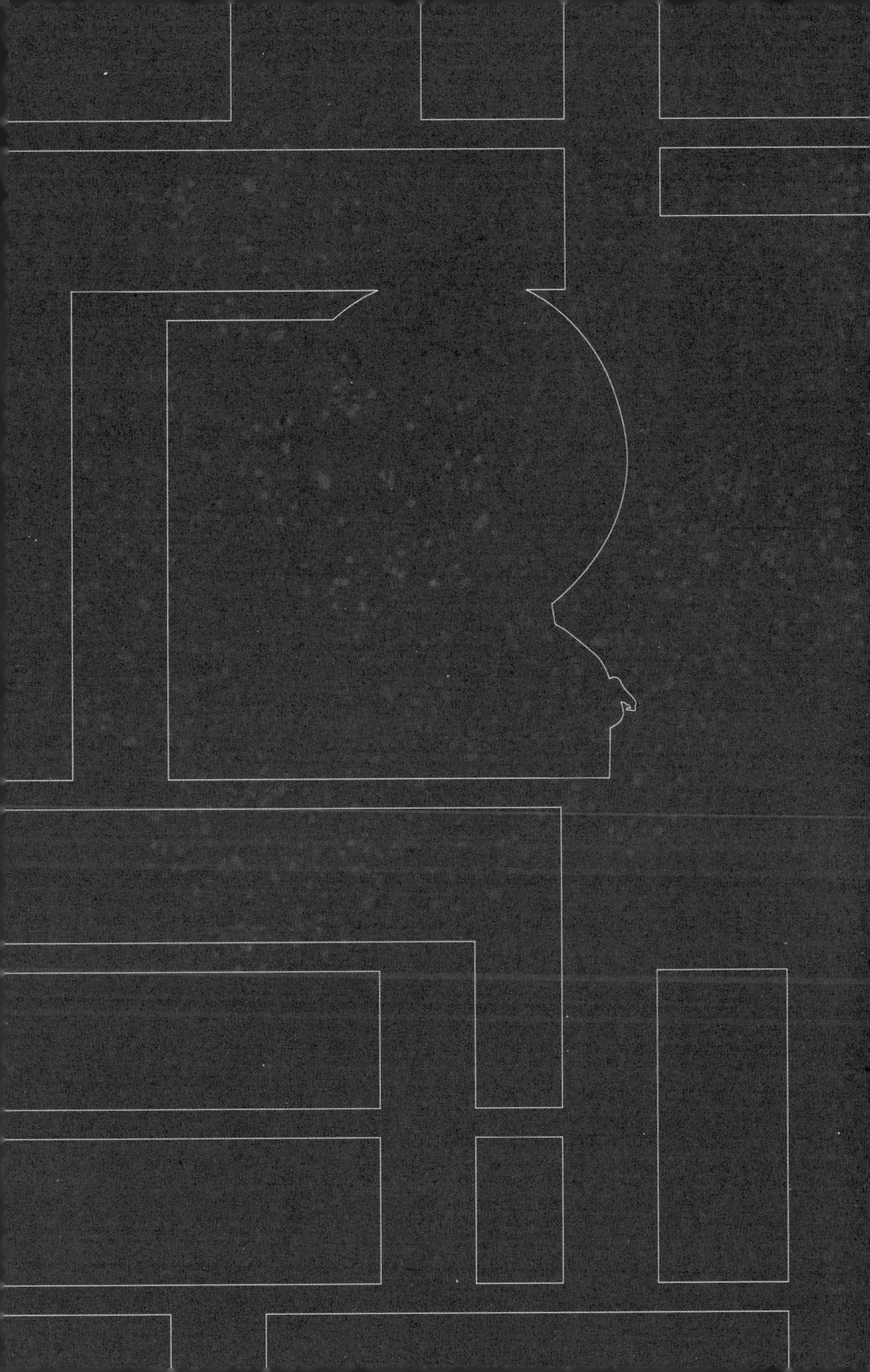

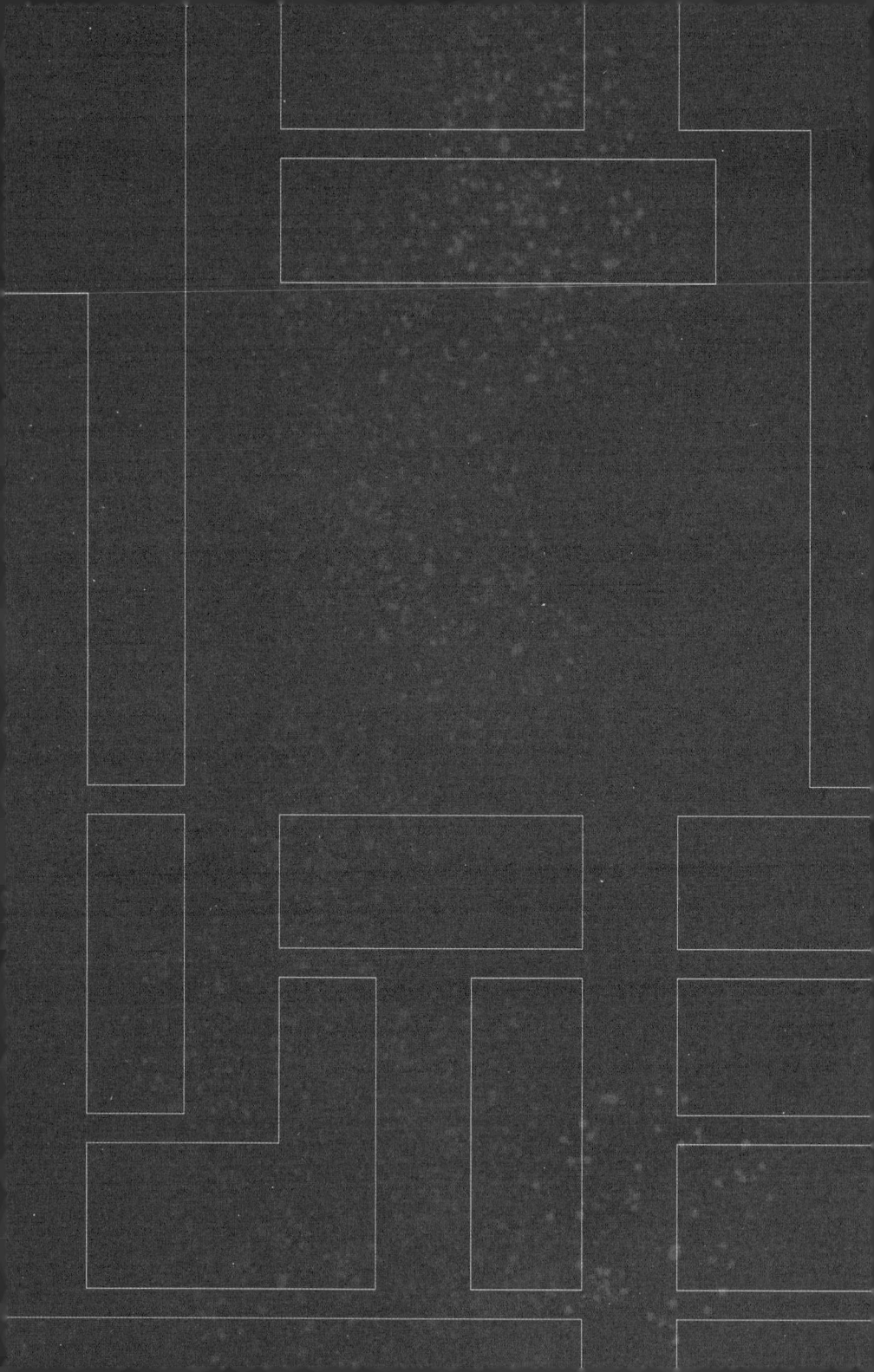